# CONTES

D'UN

## PLANTEUR DE CHOUX

# DU MÊME AUTEUR




PARIS. — TYP. DE Mᵐᵉ Vᵉ DONDEY-DUPRÉ, RUE SAINT-LOUIS, 46.

# CONTES

## D'UN

# PLANTEUR DE CHOUX

### PAR

## ARMAND DE PONTMARTIN

**NOUVELLE ÉDITION**

NAPOLÉON POTARD.

MARGUERITE VIDAL. — LES TROIS VEUVES.

LE BOUQUET DE MARGUERITES.

# PARIS

## MICHEL LÉVY FRÈRES, LIBRAIRES-ÉDITEURS

RUE VIVIENNE, 2 BIS

—

**1856**

# CONTES ET RÊVERIES

D'UN

# PLANTEUR DE CHOUX

---

## NAPOLÉON POTARD

## I

### UN SAUVETAGE

— C'est donc bien convenu, Messieurs ; sur la proposition de Raoul de Domazan, président de notre club, séant actuellement à Plombières, la belle Bénédicte, marquise de Tresmes, est mise à l'index, à dater de ce soir, 29 juillet 1829, et jusqu'à la fin de la saison !...

— Et personne ne la fera plus danser.

— Ni valser...

— Ni galoper...

— Et nous nous tiendrons constamment à une distance respectueuse de sa chaise...

— C'est dommage pourtant, dit un éclectique ; la marquise est de ces femmes qui font rêver ; nulle part mieux que sur son front je n'ai lu cette qualité mystérieuse, cet antagonisme harmonieux de l'intelligence et de la matière, commentées et complétées l'une par l'autre ; sa beauté est plus qu'un fait, c'est un symbole ; l'analyse est dans son sourire et la synthèse dans son regard ; ceci fait comprendre...

— Que vous êtes incompréhensible, mon cher Antonin, interrompit un touriste ; oui, cette femme est belle ! J'ai vu, l'an dernier, au palais Pitti, une Niobé d'Angelico del Piombo ; elle ressemble à la marquise : c'est la même perfection de galbe ; les méplats du nez et du front ont les mêmes plans fins et polis ; l'ovale est d'un grand style ; les attaches des bras et des épaules semblent fouillées dans le plus pur marbre de Paros... Oui, c'est dommage.

— Mais enfin, qu'a-t-elle donc fait de si coupable, cette femme ? hasarda timidement un jeune blondin de dix-huit ans, qui pâlissait à vue d'œil en se débattant contre son cigare ; car on n'était pas, en 1829, aussi aguerri qu'aujourd'hui.

— Comment ! ce qu'elle a fait ? répliqua Raoul de Domazan, qui était évidemment, comme on dit encore en province, le lion de l'assemblée ; ce qu'elle a fait, Messieurs ?.. j'en appelle à vous : ne sommes-nous pas convenus qu'il était temps, si nous voulions marcher avec notre siècle, de mettre un frein aux coquetteries de la moins laide moitié du genre humain ?

— Oui, oui, exclama l'auditoire.

— N'avons-nous pas arrêté, comme base des règlements de notre club, que toute femme convaincue d'avoir, pour me servir d'une expression triviale mais pittoresque, *fait aller* un ou plusieurs d'entre nous, serait à l'instant passible des peines fixées par lesdits règlements?

Nouvelle exclamation aussi affirmative et plus bruyante que la première.

— Or, est-il vrai, ou ne l'est-il pas, que, depuis trois semaines que nous sommes ici, la marquise de Tresmes, charmante femme du reste, nous a successivement passés par les armes de son arsenal féminin, que nous avons tous attrapé, par-ci par-là, quelques égratignures, et qu'après tout, nous en sommes pour les frais de la guerre?

— Hélas! oui, s'écria-t-on de nouveau.

— Eh bien! je le répète, il est temps de se conduire en hommes; ce n'est pas parce que je m'appelle Raoul de Domazan, qu'à vingt-six ans je suis capitaine des chasseurs de la garde, que j'ai eu la croix en Morée, et que les femmes ne m'ont jamais trop maltraité, ajouta le charmant officier en se regardant des pieds à la tête d'un air passablement fat; mais enfin, si une pareille énormité restait impunie, ce serait d'un mauvais exemple: d'autant plus mauvais que la marquise réunit toutes les conditions requises pour faire école. Elle porte un des plus grands noms de France, elle est merveilleusement belle, elle est veuve, elle a cent mille livres de rente, et son mari avait quarante ans de plus qu'elle : ainsi donc, Messieurs, point de lâcheté, nous serons tous ce soir comme des statues de marbre ; et honni soit qui se sentirait mollir sous le rayon de ces beaux yeux noirs ; il aurait affaire à moi !...

— Et à moi, dit Antonin.

— Et à moi, cria Léon.

— Et à moi, hurla Gustave.

— Bravo ! Messieurs : quant à moi, si pareille faiblesse m'arrivait, je me demanderais raison à moi-même, et je m'appellerais sur le terrain plutôt que de ne m'en prendre à personne !... Et maintenant la bouillotte !...

— Oui, oui, la bouillotte ! vive Raoul !

Et nos étourdis se mirent à jouer avec une attention qui bientôt les absorba complétement ; car il faut rendre cette justice aux jeunes gens actuels, s'ils aiment à dire du mal des femmes, quelquefois même à leur en faire un peu, ils ont la bonté de n'y plus penser dès qu'ils ont les cartes à la main.

Cependant les heures s'écoulaient, et l'on savait que le bal de ce soir-là devait être un des plus brillants de l'été.

Il en est un peu pour les pays où des eaux plus ou moins thermales attirent les oisifs et même quelques malades, comme pour les chevaux de course : chaque année a ses *favoris*. En 1829, le bruit s'était répandu que Plombières serait visitée par une princesse qui n'a eu d'égales à ses grandeurs que ses infortunes et de supérieures à ses infortunes que ses vertus. Il n'avait pas fallu davantage pour y amener en partie la société de la Restauration, ce monde d'élite qui n'eut le temps ni de refaire le passé, ni de comprendre le présent, ni d'apprivoiser l'avenir. Créé trop à l'improviste pour ne pas se composer d'éléments divers, et trop vite emporté pour avoir pu les refondre, ce monde, qui se rapprochait par certains côtés et de l'élégance sérieuse du grand siècle, et de la frivolité séduisante du siècle dernier, et de l'abandon un peu plébéien de celui-ci, n'eut point, dans son ensemble, une physionomie homogène; mais parmi les femmes, toujours si habiles à tout nuancer parce qu'elles devinent tout, il y en eut qui surent réaliser en leur personne le type harmonieux et complet de leur époque ou plutôt de leur moment, et parmi celles-là nulle ne fut plus belle et plus admirée que la marquise de Tresmes.

Fille d'un des plus illustres généraux de la République et de l'Empire, ami de Bonaparte, et marié par lui, lors de son retour d'Égypte, à l'unique héritière d'une de nos races historiques, Bénédicte de Bray tenait de son père cette beauté sculpturale et un peu romaine dont la cour impériale offrit tant de modèles, comme si la nature elle-même avait voulu se faire complice du goût qui dominait alors. Mais sa mère, pâle et aristocratique fleur, grandie parmi le sang et les orages, avait transmis à Bénédicte cette expression rêveuse, poétique, qui fait le charme des physionomies modernes, et qui, se répandant sur ses traits comme un voile, adoucissait par mille gracieuses demi-teintes, ce que leur régularité pouvait avoir de trop splendide. Cette ineffable pureté de lignes, idéalisée par ce regard empreint d'une mélancolie pénétrante et sereine, la faisait ressembler à une statue de Phidias, s'éveillant tout à coup au milieu des catacombes chrétiennes. Ses yeux noirs eussent paru trop sévères, si la blancheur de son front, si la nuance presque dorée de ses cheveux, n'en eussent amolli l'éclat; sa taille eût semblé trop riche et trop imposante, si son élégante souplesse, l'exquise proportion des pieds et des mains, la grâce naturelle de l'attitude et de la démarche n'avaient uni chez elle, en les relevant l'une par l'autre, la beauté à la distinction et la forme à la poésie; mais j'en reste là de ma description; car, outre qu'elle devient un peu verbeuse, je ne suis pas encore assez expert dans l'art du conteur pour adopter ce système de détails techniques qui fait de plusieurs chapitres de nos romans, des rapports d'anatomistes, des inventaires de marchandes de modes ou des mémoires de tapissiers.

Vers 1818, Bénédicte allait dans le monde depuis deux ans. Elle y était admirée, fêtée, recherchée par les plus beaux partis du faubourg Saint-Germain, et elle eût pu choisir entre cinquante fils de pairs de France. A cette époque, elle perdit son père, et bientôt l'on apprit qu'elle épousait le marquis de Tresmes. La surprise fut générale : pourquoi unir tant de jeunesse et de grâce à un homme riche et illustre sans doute, mais qui eût pu être le grand-père de sa fiancée ? Le public soupçonna, mais ne sut jamais le vrai motif de ce mariage : Bénédicte s'était sacrifiée à une de ces plaies de famille, causes mystérieuses de tant de drames ignorés. Malgré les dotations, malgré les libéralités de l'empereur, le général de Bray avait laissé en mourant des dettes si énormes, que sa fortune personnelle n'y pouvait suffire. Bénédicte adorait son père : peut-être, grâce à cette pénétration si précoce chez les jeunes filles, avait-elle deviné qu'il n'y avait pas eu entre ses parents cet accord intime qui confond tous les intérêts, en identifiant tous les sentiments. Elle vit sa mère prête à recourir aux tribunaux, pour mettre à couvert sa propre fortune. La noble enfant la suppliait en vain de n'en rien faire, de tout payer, et de se contenter du peu qui leur resterait après ; son désespoir échoua contre cet esprit positif et calculateur que tant de Parisiennes savent allier aux plus gracieuses apparences. Alors elle eut l'idée de conter ses peines au marquis de Tresmes, vieil ami de sa famille, qui l'avait fait souvent jouer sur ses genoux ; le marquis était un de ces vieillards aimables, dont la race s'est perdue depuis que tout le monde en France est du même âge. Il prit à cœur ce rôle de confident ; ses conseils, aidés des bontés de Louis XVIII qui l'aimait beaucoup et dont la cassette répara quelques-unes des brèches laissées par le général, empêchèrent un procès, et une des plus pures illustrations de l'Empire échappa aux criailleries des avocats et aux colères des créanciers. Le service

était grand, la reconnaissance fut immense. Bénédicte
l'exprima avec un enthousiasme auquel sa beauté ajoutait un indicible éclat, et qui était presque fait pour
donner le change. Le marquis de Tresmes, comme
tous les hommes dont la vie a été pure, conservait encore, en dépit de son âge, une grande vivacité de sentiments, et, sous ses cheveux blancs, sa tête était jeune.
Il s'abandonna involontairement à cet attrait si nouveau pour lui, pauvre émigré dont l'existence avait été
sillonnée par mille épreuves, et qui n'avait retrouvé la
richesse et le repos qu'au moment où il était trop tard
pour en jouir. Chaque jour cet amour étrange, qu'il
eût combattu s'il s'en fût douté, creusait dans son âme
des racines plus profondes, pareil à ces fleurs qui pous-
sent plus aisément et plus vite à travers les pierres dé-
jetées par le temps. Bientôt la jeune fille, malgré son
ignorance, s'aperçut des ravages qu'elle avait faits : à
l'instant, son parti fut pris. Elle devina que la délica-
tesse du marquis, son esprit fin, la crainte du ridicule,
l'empêcheraient, sinon de se trahir, au moins de s'expliquer, et que, par conséquent, elle devait déplacer
les rôles. Un soir que M. de Tresmes était venu chez
sa mère, et que Bénédicte avait surpris plus souvent que de coutume son regard attaché sur elle avec
cette tendresse mélancolique, seul langage qu'il permît
à sa passion, elle s'avança vers lui pour lui offrir le
thé : soit par hasard, soit à dessein, à mesure qu'il
prenait la tasse, sa main rencontra la sienne, et y resta
une seconde de plus qu'il n'était nécessaire : Monsieur,

lui dit-elle, qu'aimez-vous mieux, la tasse ou la main?
— Toutes les deux, répondit-il sans trop savoir ce qu'il
disait. — Eh bien! toutes les deux sont à vous... si
vous les voulez, murmura-t-elle bien bas, avec un
sourire mêlé d'une émotion charmante. Le pauvre
marquis fut si troublé et trembla si fort, qu'il laissa
tomber la tasse qui se brisa en mille pièces; mais
la main lui resta, et il n'eut pas le courage d'y renoncer.

On comprend maintenant tous les commentaires que
dut faire naître ce mariage; les chuchotements des
douairières, les soupirs des jeunes gens romanesques,
les sourires des prétendus hommes à bonnes fortu-
nes : je dis *prétendus*, parce que je suis convaincu
qu'il n'y en a point, et que ce sont des êtres fabuleux,
semblables à ces fossiles que la science de Cuvier a re-
construits par induction. Au reste, chuchotements et
commentaires, soupirs et sourires, la jeune marquise
sut tout démentir de la façon la plus spirituelle; non-
seulement sa conduite fut irréprochable, mais elle
donna aux dernières années de son mari ce bienfaisant et tardif rayon qui repose des orages de la journée,
et qui, venant au soir de la vie, ressemble presque à
l'aurore du lendemain. Ils eurent, au bout d'un an,
une jolie petite fille dont ils raffolèrent tous deux;
l'un, sans doute, parce qu'elle complétait son bonheur; l'autre, peut-être, parce qu'elle suppléait à ce
qui manquait au sien. Pas un nuage n'avait donc
troublé cette union formée sous de bizarres auspices,

et lorsque le marquis mourut, bénissant la femme qui avait si doucement souri à sa vieillesse, Bénédicte put le pleurer comme son meilleur ami avec une de ces douleurs vraies qui ne tuent pas, qui embellissent, et qui portent en elles leur consolation, parce qu'elles rappellent un devoir noblement rempli.

Telle était la femme contre laquelle venaient de conspirer une vingtaine d'étourdis, avec ce mauvais goût familier à un temps où on ne sait plus même faire d'élégantes sottises. Quant à elle, sans se douter le moins du monde de cette trame perfide, elle commença par faire coucher sa fille, ravissante enfant qui ne la quittait jamais ; puis, lorsqu'elle la vit s'endormir avec un sourire laissé à ses lèvres par les derniers murmures de l'*Ave Maria*, elle songea à sa toilette : nouveau piége à descriptions, auquel je n'échapperai qu'après vous avoir dit qu'elle mit dans ses cheveux blonds une guirlande de fleurs de bruyère, et que sa robe de mousseline blanche, chef-d'œuvre de Victorine, pouvait, grâce aux combinaisons d'une coupe savante, contenter tout le monde sans effaroucher personne, et défier le célèbre hémistiche de Lamartine : *ni si haut ni si bas !* Jamais Bénédicte n'avait été plus belle : l'idéal, ce dieu inconnu, cher aux imaginations rêveuses, semblait planer sur son front et lui faire une poétique auréole. La sérénité de son cœur, la joie anticipée de ses succès, un peu de coquetterie peut-être, tout concourait à l'animer et à la rendre irrésistible. Vous le savez, et probablement vous le prouvez, ma chère lectrice,

quand une femme belle consent à être jolie, elle est
complète.

La marquise entra vers neuf heures, dans le salon
du Cercle; il y avait déjà beaucoup de monde; tous
les conspirateurs étaient à leur poste. Elle s'assit, et
comme si le bal n'avait attendu qu'elle pour commencer, l'orchestre préluda. Aussitôt chacun courut à
droite et à gauche; les invitations, les danseurs pré-
voyants empressés de se pourvoir d'avance, les recom-
mandations des mamans, tout cela amena un mouvement général, et fit que personne ne s'aperçut qu'on
ne s'approchait pas de la chaise de Bénédicte. La
première partie du complot fut donc à peu près man-
quée; mais lorsque les préliminaires furent terminés,
et que chaque groupe se dessina, la situation devint
fort claire, au moins pour elle. Elle vit ses quinze ou
vingt partners habituels disséminés dans le salon, et fort
affairés auprès d'autres femmes, probablement enchan-
tées de les retenir. En même temps, quelques regards
dirigés vers elle, quelques sourires plus ou moins ma-
chiavéliques lui apprirent que le texte et les commentaires s'apprêtaient à marcher ensemble. La marquise
était femme du monde au plus haut degré : elle devina
le péril, et comprit qu'il y avait là pour elle une de
ces minutes pendant lesquelles les femmes à la mode
gagnent ou perdent leur bataille de Marengo. Elle demeura paisible, pas un pli ne rida son front. Cependant elle voyait le chef d'orchestre balancer déjà son
archet pour donner le signal décisif; déjà les danseurs

cherchaient leur place, les quadrilles s'organisaient, les vis-à-vis s'appelaient dans la foule. Encore une seconde, et la bataille était perdue.

En ce moment, un jeune homme que l'on n'avait pas remarqué, et qui s'était tenu dans l'embrasure d'une fenêtre, attachant sur Bénédicte un regard triste et passionné, s'avança vers elle, non point de ce pas précipité qui veut dire : « Vous alliez rester sur votre chaise ; je suis là, et je me dévoue, » mais avec cet empressement de bon ton, d'autant plus flatteur qu'il est moins excessif. Il paraissait avoir vingt et un ou vingt-deux ans ; sa figure était noble, belle, un peu pâle ; sa tournure avait de la distinction et sa mise de l'élégance ; arrivé devant elle, il s'inclina, murmura les paroles d'usage, et la conduisit à un quadrille qui n'avait pas encore achevé de se former ; il n'était pas trop tard, mais il était temps !

La contredanse se passa sans encombre ; tous les yeux étaient dirigés vers eux. Ceux qui avaient pris au complot la part la plus active, Raoul de Domazan à leur tête, lançaient de ce côté des regards furieux. Madame de Tresmes, qui avait eu assez de force pour cacher son trouble, avait trop d'esprit pour prendre des airs de triomphe. Elle semblait s'abandonner, sans y songer, à une suite d'incidents ordinaires, et répondait tranquillement aux paroles émues et un peu entrecoupées de son danseur. Quand il l'eut reconduite à sa place, un coup d'œil rapide qu'il promena autour de lui, lui fit comprendre que la victoire n'était pas décisive, et que madame de Tresmes allait encore rester seule. Il demeura donc à demi penché vers elle, en ayant l'air de continuer une conversation commencée. Elle sentit tout le prix d'un service rendu avec tant de persévérance et de tact ; des larmes de reconnaissance tremblèrent un moment dans ses beaux yeux, mais elle se contint ; elle ne devait pas même paraître soupçonner l'humiliation dont on la sauvait !

Au reste, cet intervalle fut court : pour animer tout de suite le bal, l'orchestre joua les premières mesures d'une valse. Nouveau coup d'œil, nouveaux présages d'abandon pour Bénédicte : l'inconnu put encore, sans trop d'affectation, l'inviter pour cette valse, et il la lui demanda, comme s'il ne faisait que suivre un courant d'ailleurs fort naturel ; elle se leva, toujours calme et souriante ; mais au moment où elle mit sa main dans celle de son valseur, elle vit à son doigt une bague antique qu'il portait par-dessus son gant, selon la mode d'alors ; elle tressaillit, et lui dit à demi-voix :

— Au nom du ciel, Monsieur, de qui tenez-vous cette bague ?

— D'un bienfaiteur inconnu, mort il y a deux ans.

— Alors vous vous nommez...

— Napoléon Potard.

Et le beau couple se lança dans la foule en tournoyant.

Bénédicte valsait admirablement, et son partner était digne d'elle ; il y a dans la valse d'une femme,

quand elle est bien secondée et que la musique est
bonne, je ne sais quoi d'amollissant et de suave, capable d'attendrir les tigres mêmes, et tout le monde
sait que les lions ne sont pas aussi méchants que les tigres. Madame de Tresmes était si belle, il y avait tant
de grâce pudique dans ses mouvements, dans la pose
de sa tête à demi inclinée, dans son regard doux et
languissant, que bientôt, oubliant tout ce qui n'était
pas elle, les autres danseurs s'arrêtèrent comme d'un
commun accord. Elle continua jusqu'à la fin, toujours
plus agile et plus rayonnante, à mesure qu'elle se sentait plus regardée et qu'elle entendait frémir autour
d'elle ce murmure admiratif, vague langage fort intel-
ligible pour ceux qui le parlent, et surtout pour celle
qui l'inspire. A peine les musiciens se furent-ils arrê-
tés, à peine eut-elle fait quelques pas vers sa place,
qu'elle fut littéralement assaillie par tous les rebelles,
redevenus les plus empressés de ses esclaves. En une
minute, son carnet de bal se couvrit des vingt noms les
plus élégants; c'était à qui obtiendrait un mot, un regard,
un sourire; à qui replacerait le plus vite cette frêle et
gracieuse couronne qui avait tremblé un moment sur
sa tête. Elle redevenait reine, d'autant plus reine que
ses sujets avaient essayé de la révolte, et que sa beauté
seule lui avait servi de coup d'État.

— « Décidément, dit un bel esprit, Saint-Réal a
raison : les conspirations ne réussissent jamais ! »

Que devenait, pendant ce temps, notre jeune homme
inconnu, cet auxiliaire arrivé si à point pour détourner

le sinistre? hélas! je suis forcé de l'avouer, depuis
qu'il n'était plus nécessaire, la marquise paraissait l'a-
voir oublié : soit coquetterie, soit ingratitude, soit dédain, elle était rentrée, à son égard, dans la plus parfaite indifférence ; séparé d'elle par le flot toujours
croissant de ses adorateurs, il essaya à plusieurs re-
prises de se faire jour ; il sollicita un encouragement,
un signe : attristé de l'inutilité de ses efforts, on le vit
s'éloigner du groupe brillant dont Bénédicte était le
centre, et retourner près de la porte du salon. Il s'y tint
debout, ne quittant pas du regard celle qu'il venait de
secourir si bien et qui le récompensait si mal : là, une
nouvelle scène l'attendait.

Raoul de Domazan et les deux ou trois autres au-
teurs du complot avaient bien pu pardonner ou du
moins mettre bas les armes devant la marquise de Tresmes ; mais, comme si leur rancune avait eu besoin
d'une victime, elle se tourna tout entière contre celui
qui avait fait manquer leur projet. Être vaincus par la
femme la plus à la mode de Paris, passe encore! mais
être battus par le fait d'un individu arrivé on ne sait
d'où, voilà qui n'était pas supportable! Voulant au
moins savoir à qui ils avaient affaire, ils profitèrent d'un
moment de répit pour passer dans le premier salon,
où le surveillant du Cercle demandait, suivant l'usage,
à chaque nouveau venu ses nom et prénoms, et les
transcrivait sur le livre des Eaux. Ce surveillant était
un homme d'environ soixante ans, qu'à sa figure ac-
centuée et creusée de rides profondes, à ses cheveux

blancs coupés en brosse, à ses moustaches grises tombant en parenthèse, à sa redingote bleue boutonnée jusqu'au haut et étoilée d'un ruban rouge, on pouvait facilement étiqueter. C'était, en effet (mais je vous promets de ne pas trop en abuser), un ancien sergent de la 82ᵉ demi-brigade, mis hors de service par bon nombre de blessures, et à qui la protection d'un de ses anciens chefs avait obtenu cette petite place : il se nommait Pierre Aubrespy.

Une heure auparavant, lorsque le sauveur de madame de Tresmes était arrivé et qu'il avait décliné son nom, il aurait pu, sans le sentiment exclusif qui le dominait déjà, s'apercevoir de l'effet extraordinaire que ce nom produisait sur Pierre Aubrespy. Il avait laissé tomber sa plume, et dévorant le jeune homme du regard, lui avait demandé deux fois d'une voix que l'émotion rendait presque inintelligible :

— Vous... vous... nommez... Nap... oléon Potard?

— Oui, sans doute, répondit l'autre d'un air distrait.

Le vieux soldat s'était alors avancé, les mains tendues vers lui et comme s'il allait le serrer dans une étreinte passionnée ; mais sans doute une pensée subite l'arrêta ; maîtrisant son trouble par un énergique effort : Entrez, Monsieur, dit-il en s'inclinant.

Depuis ce moment, debout derrière la porte, il ne l'avait pas perdu de vue. Les regards que le jeune homme attachait sur Bénédicte n'étaient ni plus ardents ni plus opiniâtres que ceux dont Pierre Aubrespy le poursuivait lui-même. Son front avait rayonné de joie, quand il l'avait vu engager madame de Tresmes et danser avec elle ; puis, lorsqu'il le vit revenir tristement à sa première place, il fronça le sourcil et grommela entre ses dents : « Pauvre conscrit ! le voilà déjà consigné ! » Mais qu'on juge de sa stupéfaction et de sa colère, lorsque Raoul de Domazan, Gustave de Miéville, Antonin de Sélinges et un autre élégant de leurs amis, après lui avoir demandé le livre des Eaux et lu à haute voix ce nom bizarre, Napoléon Potard, se mirent à éclater de rire de la façon la plus insultante, et se répandirent en impertinents quolibets. Pierre Aubrespy ne perdit pas de temps à réfléchir ; il entra dans le salon, s'approcha de notre héros toujours perdu dans sa rêverie, et lui frappant sur l'épaule :

— Jeune homme, lui dit-il, entendez-vous ?

Le jeune homme le suivit machinalement, et ils purent ouïr tout à leur aise les propos de ces messieurs :

— Ho ! ho ! Napoléon Potard ! ce n'est pas pour rien que nous sommes vaincus ! *væ victis !...* parions que ce monsieur *fait* dans la canelle !

— Masculin Potard ; féminin potasse... Puis, contrefaisant Odry : Épicier, ta réglisse n'est pas sucrèze du tout !...

— Ce que c'est pourtant que l'ambition ! voilà un monsieur qui, non content de s'appeler Potard, a voulu encore s'appeler Napoléon ; sa mère, respectable boutiquière de la rue Saint-Denis, aura, pendant sa grossesse, rêvé qu'elle accouchait d'un bonnet à poil!

Gustave, en fausset : Messieurs et Mesdames, ceci vous représente une métamorphose d'Ovide : la colonne Vendôme changée en pain de sucre!...

Antonin, gravement : Non, Messieurs, Napoléon, c'est la gloire ; Potard, l'épicerie... le passé et l'avenir de la France résumés dans un seul homme !... ce nom n'est pas un nom, c'est un mythe !...

A la première bordée de ces sarcasmes, Napoléon Potard avait pâli de colère ; sa main, cramponnée au bras de Pierre Aubrespy qui ne le quittait pas plus que son ombre, l'avait serré avec une énergie convulsive ; mais il se remit bientôt, et lorsque les acharnés railleurs eurent épuisé leurs plaisanteries, il s'avança vers Raoul d'un air fier et calme, et lui dit froidement :

— Monsieur, vous paraissez savoir si bien mon nom, qu'il est inutile sans doute que je vous donne ma carte.

— Monsieur, vous vous exprimez si bien, qu'il est inutile sans doute que je vous demande de vous expliquer davantage.

— Ainsi donc?...

— Je suis à vos ordres : les armes, le jour, l'heure, le lieu?...

— L'épée, demain, sept heures du matin, le pré de Dresny.

Raoul s'inclina gravement cette fois ; puis il dit à deux des jeunes gens : Monsieur de Miéville! monsieur de Sélinges! vous serez mes témoins !...

— Et moi, dit Pierre Aubrespy à Napoléon Potard, si vous le permettez, je serai le vôtre.

Le tout s'était passé si rapidement, et avec des formes si convenables, que le bal ne fut pas troublé.

— Allons, murmura Raoul en rentrant dans le salon et en se dirigeant vers madame de Tresmes qu'il avait engagée pour le galop, ce sera mon quatrième duel; mais il serait dur d'être tué par un quidam répondant au nom de Potard...

— Monsieur, lui dit tout bas Bénédicte en le regardant fixement, vous avez fait bien du mal depuis quelques heures : si vous ne le réparez pas demain matin, je ne vous haïrai point, je vous mépriserai...

Puis, ramenant sur ses lèvres un de ses plus charmants sourires, elle prit le bras de son brillant danseur, et le bal recommença plus animé que jamais.

## II

### UN DUEL ANONYME

A Plombières, même en été, les matinées sont fraîches. Notre héros, qui n'avait pas dormi de la nuit et s'était levé deux heures plus tôt qu'il ne fallait, sentit en sortant de sa chambre un léger frisson qui lui fit peur; il ne s'était jamais battu, et il se posait cette question terrible : Suis-je brave ? — Cependant, arrivé sur la place, les premiers rayons du soleil dissipèrent cette espèce d'engourdissement inquiet, malaise plutôt physique que moral; mais alors une pensée cruelle y succéda : qui sait si ce n'est pas Raoul qu'elle aime? si ce n'est pas pour lui qu'elle tremble en ce moment?... Que suis-je pour elle, moi? un inconnu, importun dès qu'il n'est plus nécessaire, instrument hier, jouet demain. — Et autres métaphores à l'usage des amoureux désespérés.

Tout en ruminant ces pensées mélancoliques, il s'était dirigé vers la fontaine Stanislas, près de laquelle il avait donné rendez-vous à Pierre Aubrespy. Un quart d'heure après, il le vit arriver, accompagné d'un jeune homme d'environ trente ans, dont la figure, quoique passablement large, disparaissait presque entièrement sous une chevelure d'un blond hasardé, avec favoris, barbe et moustaches assortis, le tout d'une longueur ébouriffante et ébouriffée. Un nez camard, de gros yeux bleus à fleur de tête, une casquette, un justaucorps en velours dont le collet étroit s'aplatissait sur une cravate rouge, complétaient cet ensemble à la fois très-excentrique et très-vulgaire.

— Je vous présente, dit Aubrespy à Napoléon Potard, monsieur Cyprien Sureau, voyageant pour les vins de Bourgogne, et qui sera votre second témoin. Monsieur de Domazan en aura deux, et il n'eût pas été régulier que vous n'en eussiez qu'un.

— Oui, jeune homme, interrompit le commis-voyageur avec un accent criard, et il ne sera pas dit que ces muscadins nous auront fait saigner du nez. Voyez-vous cette tabatière ? portrait de Napoléon. Voyez-vous ce foulard ? portrait du général Foy. Voyez-vous ce livre ? chansons de Béranger. Je suis comme cela, moi... commis-voyageur, c'est vrai ; mais passionné pour la liberté, la Charte et l'Empereur : vivant dans le commerce des vins de Beaune et des gloires nationales.

> Pauvre soldat, je reverrai la France !
> La main d'un fils me fermera les yeux ! (*bis.*)

Ou si vous aimez mieux :

> Peuples, formez une sainte-alliance !
> Et donnez-vous la main ! (*ter.*)

Cela m'est égal, je les sais toutes par cœur. — Puis à demi-voix et de l'air d'un homme qui joue sa tête :

> Plus de Bourbons, c'est le cri de la France !...

Tant pis... c'est dit... Voilà !...

Ce flux de paroles, déclamées et chantées d'un ton de bravache, fit faire la grimace à Pierre Aubrespy et à Napoléon Potard : celui-ci, à qui le vieux sergent avait inspiré tout d'abord une confiance sympathique, passa rapidement derrière lui, et lui dit tout bas : Où diable avez-vous pêché ce monsieur-là ?

— Hier, en vous quittant.... dans un café où il parlait de Waterloo de façon à me faire pleurer comme une bête... Enfin, n'importe.... je n'avais pas d'ailleurs le temps de vous chercher un maréchal de France.

— Soit ; mais je vous en prie, quand ces messieurs arriveront, chargez-vous de tout et portez seul la parole ; autrement votre monsieur Sureau les ferait encore rire, et... j'en ai assez comme cela.

— Soyez tranquille ; la vieille garde sait son affaire.

Ils marchèrent ensuite vers le pré de Dresny. Le ciel était pur et promettait une de ces chaudes journées pendant lesquelles il est si bon de se sentir vivre. Le brouillard du matin se dissipait peu à peu, ne laissant d'autres traces de son passage que quelques gouttes de rosée étincelant çà et là sur l'herbe des prairies ou la verdure satinée des feuilles. On voyait encore quelques flocons grisâtres s'enfuir vers le couchant ou s'accrocher aux collines environnantes, dont ils marbraient les sinueux contours. Les travailleurs commençaient gaiement leur ouvrage, n'ayant à cette heure matinale ni le ressentiment des fatigues de la veille, ni le souci de celles du jour. De l'autre côté du joli torrent de l'Eaugrogne, de longs troupeaux à la physionomie heureuse et hébétée suivaient lentement la rive ou s'abreuvaient en passant. La gaie chanson du pâtre, les voix lointaines des moissonneuses, la fumée bleuâtre s'échappant du toit des chaumières réveillées, le bêlement des vaches mêlé au bruit de leurs clochettes, quelque chant d'oiseau caché dans les arbres, toute cette scène de vie et de fraîcheur que la nature renouvelle chaque matin, paraissait à Napoléon Potard plus attrayante que de coutume et le plongeait dans une sorte de rêverie taciturne : il n'en sortit qu'en arrivant au pré choisi pour le duel, et protégé contre les regards indiscrets par de larges fossés qu'ombrageait un double rideau de pruniers sauvages et d'ormeaux.

Là, Pierre Aubrespy s'occupa, avec un soin paternel, de quelques détails dont il avait appris par expérience l'importance relative. Il y avait quelque chose de touchant dans ce mélange de stoïcisme et de sollicitude. Malgré l'affection extraordinaire qu'il paraissait porter à son jeune ami, il n'eût pas dit un mot pour empêcher un duel que, d'après ses idées, il regardait comme nécessaire; et, en même temps, il ne négligeait rien de ce qui pouvait en diminuer les chances défavorables. Il examina avec une attention minutieuse de quelle façon Napoléon Potard était habillé, si rien ne pouvait gêner ses mouvements, etc., puis il lui demanda brusquement : Savez-vous faire des armes?

— Comme on le sait, quand on a six mois de salle.

— Connu, reprit Aubrespy avec un léger mouvement d'épaules; c'est égal, avec du cœur tout s'arrange, et vous en avez... Oh oui! ajouta le vétéran, dont le regard s'alluma tout à coup.

— Je le crois, répondit simplement notre héros.

— Suffit : maintenant écoutez-moi. Vous avez affaire à un homme brave et adroit : ayez toujours l'œil au grain et la pointe au corps : vous êtes leste, souple et fort, ne vous fendez pas, et pendant les quatre premières minutes, contentez-vous de parer ; à la cinquième, tous les tireurs sont de même force sur le terrain. Surtout, tâchez d'oublier ce que votre maître d'armes vous a appris; et que Dieu vous garde ! Mais si par malheur... oh ! non, non, c'est impossible ; il ne sera pas dit que celui que... qui... Tenez, je ne sais pas ce que je dis, mais, par grâce, permettez-moi de vous embrasser !...

Ils se jetèrent dans les bras l'un de l'autre ; ce fut l'accolade de chevalier transportée au dix-neuvième siècle. Pendant ce temps Cyprien Sureau continuait son répertoire grognard, et fredonnait ces deux beaux vers de monsieur Scribe :

> Un vieux soldat sait mourir et se taire,
> Sans murmurer !

A sept heures moins quelques minutes, Raoul de Domazan arriva avec ses deux témoins et le chirugien des Eaux, qu'ils amenaient par précaution. Le sémillant officier paraissait triste, contrarié. Pour qui connaissait son extrême bravoure, cette préoccupation voulait dire : Me voilà embarqué dans une sotte affaire, et qui, de quelque façon qu'elle tourne, ne me présage rien de bon. Pas moyen de raconter ce duel, cet hiver, dans le salon de la princesse de B... Et puis, madame de Tresmes va me haïr... Décidément c'est très-ennuyeux, très-embarrassant, et je voudrais bien sortir de là.

Après un salut froid et poli de part et d'autre :

— Monsieur, dit Raoul à son adversaire, nous nous sommes hier si vite et si brusquement accordés, que nous n'avons pas même eu le temps de nous dire nos noms ! permettez-moi donc une présentation en règle : d'abord, votre serviteur, le vicomte de Domazan, capitaine du 2ᵉ chasseurs dans la garde ; mes amis, le comte de Miéville, lieutenant d'état-major ; le baron de Sélinges, second secrétaire d'ambassade à Turin. Maintenant, soyez assez bon pour nous dire à qui nous avons affaire...

— Soit, Monsieur, dit le vieux soldat : je me nomme Pierre Aubrespy, ancien sergent de la 82ᵉ demi-brigade, aujourd'hui concierge du Cercle des Eaux à Plombières.

Raoul s'inclina gravement.

— Et moi, Cyprien Sureau, commis voyageur pour les vins de Bourgogne.

Raoul fronça le sourcil.

— Et moi, vous le savez bien, Napoléon Potard.

— Je le sais, Monsieur, mais ne pourriez-vous m'apprendre ?....

— Pas autre chose...

— En ce cas-là, ne trouvez pas mauvais que je vous le dise : vous n'ignorez point que ce n'est pas l'usage de se battre avec un inconnu. Croyez bien que ce n'est pas un sot orgueil qui me fait parler ; mais, après tout, je ne puis croiser le fer avec un homme qui ne veut pas dire qui il est, ni ce qu'il est... Et je me félicite presque, ajouta Raoul qui se faisait évidemment une indicible violence, si nous trouvons là sans déshonneur pour personne... car je vous tiens pour brave... une raison naturelle de ne pas donner suite à une querelle très-légère au fond, et qui...

— Alors, Monsieur, des excuses ! s'écrièrent à la fois Napoléon Potard et Aubrespy.

— Des excuses ! moi, des excuses ! répondit Raoul en tressaillant ; allons ! vous êtes fous ! mais je vous le répète, et j'en appelle à ces Messieurs, je ne puis me battre avec un inconnu !

MM. de Sélinges et de Miéville firent un léger signe de tête en guise d'assentiment ; mais ils paraissaient étonnés et soucieux.

Depuis le commencement de ce dialogue on eût pu lire sur le rude visage d'Aubrespy un violent combat intérieur. Son regard allait tour à tour d'un adversaire à l'autre : il voyait Napoléon Potard, pâle de colère et se mordant les lèvres jusqu'au sang ; il écoutait avec une exaspération toujours croissante les paroles de M. de Domazan. A la fin, il parut céder à un entraînement plus fort que sa volonté même. Il s'avança vers Raoul les bras croisés, en le regardant fixement.

— Monsieur, lui dit-il, vous vous êtes conduit hier, et vous vous conduisez maintenant, comme un... enfin, suffit, je m'entends ; et cependant vous êtes brave, je le sais ; vous êtes homme d'honneur, je le crois. Plutôt que de laisser plus longtemps humilier quelqu'un que j'aime comme mon enfant, je vais commettre un crime : je vais trahir une promesse sacrée ; je me fie à vous, et honte sur vous seul si vous m'en faites repentir !.. Venez...

Il l'entraîna à quelques pas de là, et lui dit tout bas quelques mots ; en l'écoutant, la figure de Raoul

exprima tour à tour l'incrédulité, l'étonnement, le
doute, mais on entendit Aubrespy qui ajoutait d'une
voix solennelle :

— Devant Dieu et sur l'honneur, je jure que ce que
je vous dis est vrai, et que je sois souffleté si je
mens!...

Alors M. de Domazan revint vers le groupe dont il
s'était un moment éloigné ; et, saluant Napoléon Potard, il lui dit avec une politesse qui cette fois n'avait
rien de factice :

— Monsieur, si vous voulez me faire l'honneur de
vous battre avec moi, je suis à vos ordres.

Les témoins donnèrent le signal ; le duel commença.

Assurément je ne prétends pas justifier cet impôt
de sang prélevé par l'orgueil sur le courage. Mais ces
deux hommes jeunes, beaux, sans haine, ne se con-
naissant que de la veille, et jouant noblement leur vie,
offraient un spectacle chevaleresque et poétique, trop
rare aujourd'hui, pour ne pas avoir droit à l'indulgence.
Ne soyons inexorables que pour ce qui porte l'em-
preinte glacée de notre siècle d'argent et de boue, et
pardonnons à ces fautes où se retrouve un reflet de
ce vieil honneur qui peut avoir des taches comme le
soleil, mais qui du moins, comme lui, éclaire et ré-
chauffe. Surtout ne craignons pas de compromettre
notre orthodoxie en contredisant monsieur Dupin, lequel a intronisé, comme chacun sait, le courage civil,
courage bien commode, puisque, à en juger par son in-

venteur, il permet de n'être pas civil, et ne force pas d'être courageux.

L'intrépidité était égale de part et d'autre ; mais Raoul de Domazan avait toute la supériorité que donnent l'habitude de l'escrime et l'expérience des duels. Dès les premières passes un connaisseur se fût aisément aperçu qu'il ménageait son adversaire : deux fois, la pointe de son épée arriva tout juste à la poitrine de Napoléon Potard, et il l'eût percé d'outre en outre s'il eût porté à fond. Pierre Aubrespy, dont l'œil d'aigle ne perdait pas le plus léger mouvement, pâlit et respira tour à tour. Au bout de dix minutes, des gouttes de sueur commencèrent à couler de tous les fronts : de ceux-ci, par anxiété ; de ceux-là, par fatigue. Les témoins firent signe aux combattants de prendre un moment de repos.

Ils abaissèrent leurs épées ; les amis de Raoul, aux yeux desquels l'inexpérience de Napoléon Potard relevait encore son courage, le regardaient presque avec admiration. Aubrespy rayonnait ; quant à Cyprien Sureau, sa contenance n'était plus tout à fait aussi martiale qu'en fredonnant les refrains de Béranger.

Il fallut recommencer : la répugnance de Raoul, son désir d'en rester là, étaient visibles. Mais le mot d'*excuses* avait révolté son orgueil, et une mauvaise honte lui ferma la bouche. Ils se remirent donc en garde ; cette reprise fut courte ; vous croyez peut-être que je vais, m'emparant d'un vieux paradoxe et me souvenant qu'on a vu des conscrits tuer des maîtres d'armes, donner la victoire à mon héros. Hélas ! je suis forcé, en historien véridique, d'avouer tout le contraire. Plus impétueux, plus impatient, animé par ce quart d'heure de feintes sans résultat, Napoléon Potard, décidé à pousser une botte décisive, se fendit à fond, en dirigeant sa pointe en pleine poitrine : la botte fut parée, et pendant que son épée, relevée par un habile coup de tierce, décrivait un demi-cercle au-dessus de sa tête, son corps resta à découvert. Raoul vit le péril, il voulut rompre, mais il était trop tard ; son épée, retenue par la parade et un moment immobile, rencontra la poitrine de son adversaire, qui se portait en avant. Seulement, par un tour de poignet plus rapide que l'éclair, l'adroit officier réussit à donner à sa lame une direction oblique, et le coup, qui eût traversé le cœur, ne fit qu'atteindre les chairs quelques lignes plus bas : Ce n'est rien, ce n'est rien ! dit Napoléon Potard : en garde ! mais en même temps un nuage s'étendit devant ses yeux ; il s'appuya sur son épée, pâlit horriblement, murmura quelques mots parmi lesquels on put distinguer le nom de Bénédicte, et tomba évanoui.

A l'instant, tous les témoins s'élancèrent ; M. de Domazan, plus pâle que son adversaire, fit un geste de désespoir ; Pierre Aubrespy déchira d'une main tremblante le gilet et la chemise du jeune homme, dont le sang coulait à flots ; puis il s'élança comme un fou sur Raoul, le prit d'une main, saisit de l'autre le chirurgien et les amenant auprès du blessé : Monsieur, dit-il, sur votre honneur, sur votre vie, la blessure est-elle mortelle ? Le chirurgien s'agenouilla, examina la plaie, s'assura de l'état de la poitrine et du cœur, et dit en se relevant : Sur mon honneur, cette blessure n'est ni mortelle, ni dangereuse !

— Monsieur, dit alors Aubrespy à Raoul, en lâchant enfin sa main qu'il tenait serrée dans la sienne comme dans un étau, si vous me l'aviez tué, je vous assassinais !

M. de Domazan et ses témoins s'éloignèrent, après avoir exprimé leurs regrets dans les termes les plus chaleureux. Ils mirent leur calèche à la disposition d'Aubrespy, qui s'empressa d'y transporter le blessé et fit asseoir le chirurgien auprès de lui. La voiture s'achemina au pas vers la ville ; quand ils y arrivèrent, l'horloge sonnait huit heures ; il n'y avait encore personne dans les rues. Pierre Aubrespy commença par éconduire poliment Cyprien Sureau, qui voulait monter avec eux dans la chambre de Napoléon Potard ; la précaution n'était pas inutile ; car lorsque Pierre et le chirurgien y entrèrent, chargés de leur précieux fardeau, il s'y trouvait déjà quelqu'un : c'était la marquise de Tresmes.

Elle se tenait sur le seuil, pâle d'inquiétude et les interrogeant du regard.

Pierre eut pitié d'elle, et lui dit brièvement :

— Il n'y a pas de danger et il s'est conduit en brave.

— Merci, mon Dieu, merci ! s'écria Bénédicte en se jetant à genoux, et avec un accent qu'eût envié la

Malibran, lorsqu'au second acte d'*Othello* elle répétait avec le chœur : *il vit !...*

Napoléon Potard était toujours évanoui ; Aubrespy l'établit sur son lit, et le chirurgien procéda au pansement. Bénédicte les aidait tous deux avec un zèle et une adresse de sœur de charité. Le sang avait coulé en abondance et le blessé ne donnait encore aucun signe de vie. Bientôt pourtant le cercle de bistre qui cernait ses yeux fit place à une blancheur mate ; une teinte rosée se répandit sur ses joues pâles comme le marbre. Sa respiration revint, faible d'abord, puis plus forte et plus égale ; ses lèvres remuèrent, comme pour exhaler quelques sons indistincts : puis, il s'agita comme un homme qui se débat contre un rêve ; enfin ses yeux s'ouvrirent ; il regarda autour de lui, et, instinctivement peut-être, sembla chercher une personne qui, hélas ! n'y était plus ; car dès ces premiers symptômes de retour à la vie, Bénédicte avait disparu.

Il voulut parler : Aubrespy lui mit la main sur la bouche ; livré à ce vague bien-être qui succède à l'évanouissement, le blessé se laissait faire sans résister. Le chirurgien défit les ligatures et examina de nouveau la plaie, qui était large, mais sans profondeur, le coup ayant dévié de gauche à droite. Vers le soir, comme il y eut quelque annonce d'agitation et de fièvre, il ordonna une potion calmante, dans laquelle la forte constitution de son malade lui permit de mêler une certaine dose d'opium. Quelques moments après, Napoléon Potard commença à s'assoupir, et comme si une fée à la fois malicieuse et bonne eût couru avertir madame de Tresmes, elle rentra, au moment où les yeux de notre héros se refermaient. Le chirurgien salua et sortit. Aubrespy s'installa dans un fauteuil, à quelque distance, et Bénédicte resta seule auprès du lit. Une veilleuse posée sur un guéridon éclairait de sa lueur incertaine cette chambre blanche et nue. Rien au dedans ni au dehors ne troublait le silence de la nuit. A l'écart et presque dans l'ombre, le vieux soldat, perdu dans ses pensées ou luttant contre le sommeil, penchait sa tête grisonnante ; et sa grande ombre, projetée sur le mur, s'y dessinait en formes bizarres, en silhouette fantastique. Bénédicte veillait : que se passait-il dans son cœur, près de celui dont le sang venait de couler pour elle ? Nul n'eût pu le deviner ; grave, sereine, recueillie, elle fixait sur le jeune homme endormi un regard empreint d'une tendresse presque maternelle; ses beaux cheveux dénoués se mêlaient parfois aux cheveux flottants de Napoléon Potard ; son souffle allait au-devant de son souffle · et comme si l'ange gardien du blessé lui eût révélé la présence de celle qu'il aimait, un vague sourire errait sur ses lèvres décolorées. Il y eut un moment, où, sans s'éveiller et toujours sous l'influence de l'opium, il ouvrit de grands yeux qui rencontrèrent madame de Tresmes, à demi inclinée vers lui : — Bénédicte ! Bénédicte ! murmura-t-il ; mais déjà Bénédicte effrayée s'était brusquement cachée derrière le rideau. Sa crainte était vaine ; dans cet état de douce et ineffable somnolence où Napoléon Potard était plongé, la réalité se perdait dans le rêve en le continuant, et cette vision flottante ne fut pour lui qu'un épisode de ses songes. Bientôt la marquise rassurée se rapprocha de son chevet ; le sommeil redevint même si profond qu'elle put oser davantage. Comme si elle cédait à un chaste et mystérieux attrait, elle approcha ses lèvres de ce front blanc et pur. Mais sans doute une pensée soudaine l'arrêta : — Insensée, se dit-elle, qu'allais-je faire ? — Et elle se rassit, la tête plongée dans ses mains, en proie à une mélancolique rêverie.

Un peu avant le jour elle se retira ; quelques moments après, Napoléon Potard s'éveillait. Il trouva Aubrespy debout auprès de lui :

— C'est donc vous, lui dit-il, qui m'avez veillé cette nuit ?

— Oui, c'est moi.

— Merci, mon ami... Et personne n'est venu ? ajouta le malade dont une légère rougeur colora les joues.

— Personne.

—Hélas ! c'est vrai, je suis un fou... j'ai rêvé, voilà tout.

Les choses se passèrent ainsi pendant quelques jours ; chaque soir, après la visite du chirurgien, et lor que le malade se rendormait, encore affaibli par la quantité de sang qu'il avait perdu, la charmante jeune femme arrivait doucement, sur la pointe des pieds, et passait près de lui de longues heures ; elle préparait elle-même les potions qu'il devait prendre, parcourait la chambre qu'elle animait de sa présence, génie invisi-

ble laissant partout un parfum de grâce et de bonté.
Pierre Aubrespy la regardait faire avec une sorte d'admiration respectueuse : entre Bénédicte et lui, peu de paroles s'échangeaient. Un geste, un signe, un regard établissaient entre eux je ne sais quelle intelligence secrète qui semblait unir dans la même pensée deux êtres si profondément séparés en apparence par la nature et la destinée. On eût dit qu'il y avait là un mystérieux lien dont notre héros était le nœud.

Cependant la convalescence de celui-ci avançait rapidement. Un soir, le chirurgien lui annonça qu'il pourrait partir le lendemain. Ce soir-là, la bonne fée vint encore ; mais elle comprit qu'il y aurait du danger pour son incognito à rester plus longtemps. Elle s'arma donc de courage, s'approcha du lit du convalescent qu'elle contempla un moment avec amour ; puis se baissant tout à coup, elle imprima sur son front ce doux et chaste baiser qu'elle n'avait pas osé lui donner le premier jour ; mais cette fois elle ne rougit pas ; seulement une larme à demi contenue étincela à travers ses beaux cils et descendit sur ses joues ; perle charmante que peut-être la résignation laissait surprendre par le regret ! puis elle se détourna brusquement, serra la main de Pierre Aubrespy, et sortit légère comme une ombre.

Le lendemain, un peu avant dans la matinée, Napoléon Potard, en s'éveillant, se sentit à peu près guéri. Sa blessure était fermée et ses forces revenues. Il se leva, s'habilla, et pendant cette opération, s'étonna de

ne retrouver personne auprès de lui. Il appela son hôtesse qui lui avait aussi donné quelques soins. Elle
parut, les lèvres pincées et avec l'air d'une femme qui
sait un peu, croit deviner beaucoup, et ne veut dire ni
ce qu'elle sait, ni ce qu'elle devine.

—Madame, lui demanda-t-il, qu'est devenu monsieur Vernier, le chirurgien ?

— Il ne reviendra plus; il a dit que monsieur n'a-
vait plus besoin de lui.

— Mais ses honoraires ?...

— Ils sont payés.

— Payés ! et par qui ?

— Par... par monsieur Aubrespy.

— Aubrespy... ah ! celui-là, du moins j'espère que
je vais le voir : où est-il ?

— Hélas ! Monsieur, une affaire pressante l'a forcé
de partir ce matin ; il m'a chargé d'exprimer à Monsieur ses regrets, ses excuses et son dévouement.

— Et où et quand le reverrai-je ?

— Il ne l'a pas dit.

— Quoi ! lui aussi ! ce vieux soldat ! si bon, si em-
pressé pour moi !.. parti sans me dire adieu ! murmura le jeune homme, tout pensif; puis s'adressant
de nouveau à l'hôtesse :

— Et il n'est pas venu d'autre personne ?

— Pardon, Monsieur...

Napoléon Potard frissonna d'espoir ; elle lui remit
plusieurs cartes ; M. de Domazan, M. de Sélinges,

M. de M.éville, M. Cyprien Sureau, étaient venus, presque tous les jours, savoir de ses nouvelles.

Ce n'était pas, à ce qu'il paraît, tout à fait le compte du questionneur ; il froissa ces cartes, comme s'il eût cherché un autre nom, garda un moment le silence ; puis il reprit avec effort :

— Et outre ces messieurs, il n'est venu personne ?...

— Personne.

— Et personne n'a demandé des nouvelles de ma blessure ?

— Non, Monsieur.

— C'est bien, Madame ; je vais partir : veuillez me dire ce que je vous dois.

— Vous ne me devez rien ; tout a été payé.

— Payé, et par qui ?

— Par... par monsieur Aubrespy.

— Oh ! c'est trop fort, s'écria Napoléon Potard ; puis il ajouta : Au fait ! un mystère de plus ou de moins, cela ne vaut pas la peine d'y penser.

Il avait l'air si malheureux, que la pauvre hôtesse, fort embarrassée de son rôle, paraissait se faire violence, et était sur le point de lui en dire plus qu'elle ne voulait ; mais il était trop amoureux, trop agité pour être bien clairvoyant. Il ne s'aperçut de rien, et commença mélancoliquement ses préparatifs de départ.

Au bout d'une demi-heure, il prit congé de l'hôtesse et sortit. Au moment où il mettait le pied sur la première marche de l'escalier :

— Ah mon Dieu ! Monsieur ! lui cria-t-elle en le

rappelant; j'oubliais... voilà deux lettres qu'on a laissées pour vous...

— Deux lettres ! donnez donc !

Il les lui arracha des mains et les ouvrit précipitamment.

L'une d'elles était écrite sur papier de cuisine, et la grosseur des caractères en rendait plus frappantes les excentricités orthographiques; elle ne renfermait que les mots suivants :

« Môsieu Napoléon Potar : il é prié de ce trouvé à Vil d'Avré le 10 juin 1835. »

— Le 10 juin! se dit notre héros plus intrigué que jamais, c'est justement l'anniversaire de ma naissance; ce jour-là j'aurai vingt-huit ans !

La seconde lettre était aussi mignonne, aussi élégante, aussi parfumée que la première l'était peu; une main sans doute bien légère, et qui ne pouvait être qu'une main féminine, y avait tracé les pieds de mouche les plus jolis du monde ; mais le contenu en était à peu près le même, et le jeune homme y lut ce qui suit :

« Monsieur Napoléon Potard est prié, par des amis inconnus, de se trouver à Ville-d'Avray le 10 juin 1835. »

Napoléon Potard relut ces deux billets, trente fois en une minute.

Il les commenta silencieusement, les compara, les retourna, les ferma, les rouvrit; puis, renonçant probablement à y rien comprendre, il les mit dans sa poche et s'en alla; cette fois on ne le rappela plus.

Lorsqu'il se retrouva sur la place, le ciel était pur, le soleil splendide, comme le jour de son duel; mais tout semblait désert. La saison des Eaux finissait; la foule qui avait peuplé Plombières s'était écoulée peu à peu : déjà les premières influences de l'automne entremêlaient de quelques teintes rembrunies la verdure des ormeaux et des tilleuls.

Napoléon Potard regarda autour de lui; puis il se frappa tristement le front :

— Seul! toujours seul au monde! murmura-t-il, et il continua sa route.


# III


## INGRATITUDE


Vers la fin de l'hiver de l'année suivante, de cette fatale année 1830 où janvier eut des frimas si rudes et juillet de si funestes soleils, madame de Tresmes donnait une soirée dans son délicieux hôtel, rue de Babylone. Depuis la mort de son mari elle avait cessé de faire danser; mais ses concerts avaient une réputation européenne. Ses invitations étaient assez restreintes pour qu'on fût sûr de n'y rencontrer personne qu'il eût été fâcheux d'y voir, et assez recherchées pour que nul n'y manquât, de ceux qu'on aimait à y retrouver. Elle entendait si bien l'art difficile de maîtresse de maison,

qu'en sortant de son salon tout le monde était content ;
les artistes avaient été applaudis et même écoutés ; les
gens d'esprit avaient eu des mots fins : les jolies
femmes avaient été si bien placées, que leurs attentifs
s'étaient approchés d'elles sans déranger personne ; les
femmes politiques avaient rencontré le ministre influent
qui, heureux d'être là, s'était mis en frais pour elles,
et leur avait même donné le plaisir de deviner un secret d'État qui n'existait point. Les bas-bleus avaient
parlé poésie avec les diplomates et diplomatie avec
les poëtes ; les mélomanes avaient savouré d'excellente
musique, et les élégants avaient été vus : on disait que,
chez madame de Tresmes, les lumières, les fleurs, le
choix des artistes, et les mille détails qui composent
une soirée élégante, avaient un charme et comme un
parfum qu'on ne retrouvait pas ailleurs ; on disait cela
peut-être parce qu'elle était belle, et probablement
parce qu'elle était à la mode.

Ce soir-là elle resplendissait ; son vieil oncle, le chevalier de Trévenyn, l'aidait à faire les honneurs et pro-
tégeait de l'autorité de ses cheveux blancs ce que sa
position de femme jeune et isolée pouvait offrir d'ex-
ceptionnel aux susceptibilités du monde. Accrochée à
son bras, on eût dit une belle branche de clématite en
fleurs suspendue à un mur gothique. Ses diamants,
qu'elle tenait de sa mère, passaient pour les plus beaux
de Paris. Montés en couronne par Fossin, ils réunis-
saient sur son front le triple diadème de la richesse, de
l'élégance et de la beauté. Sa robe de damas bleu,

traversée de haut en bas par des nœuds d'argent, rappelait par sa coupe les souvenirs, si recherchés alors, de la cour d'Anne d'Autriche. Avec ses beaux cheveux crêpés, son cou de cygne, ses blanches épaules, ce suave et noble visage qu'illuminaient à la fois la flamme scintillante de ses diamants et le feu voilé de ses regards, Bénédicte eût inspiré un sonnet de plus à Benserade, ou mieux encore, lui eût fait déchirer tous les autres. L'hôtel de Rambouillet eût recommencé en son honneur cette carte du Tendre à laquelle elle aurait donné autant de voyageurs que de géographes. Ménage eût oublié pour elle ses plus chères correspondances et perdu même son latin ; et, dans tous les temps, les vrais amants et les vrais poëtes eussent tressailli, comme devant l'image vivante de leurs désirs et de leurs rêves !

On se montrait au piano les virtuoses célèbres d'alors : Adolphe Nourrit, artiste plein d'âme et de cœur, mort dans son orgueil, ce linceul païen de tant de gloires modernes ; Zuchelli, souple et habile chanteur, qui n'eut que le tort de succéder à Pellegrini et le malheur d'être remplacé par Lablache ; madame Damoreau, légère et élégante fauvette qui a eu trois chansons et trois nids ; Henriette Sontag, l'inimitable dona Anna, que son mariage venait d'enlever au théâtre, et qui, par déférence pour madame de Tresmes, avait consenti à chanter encore cette fois avant son départ ; et vous aussi, artiste inspirée, doux fantôme des jours de notre jeunesse, pâle Desdémona, sémillante Rosine, passionnée et poétique Malibran !

L'auditoire était digne de pareils artistes. Tout le monde se souvient que jamais la société du faubourg Saint-Germain ne fut plus brillante que pendant ce dernier hiver. On eût dit qu'au moment d'être dispersée par l'orage un secret instinct la portait à se réunir, à serrer ses rangs, et à jouir à la hâte de ces belles soirées, presque sans lendemain. Ces pressentiments involontaires, qui se peignaient sur plusieurs visages et s'exhalaient en paroles tristes, chuchotées à voix basse, étaient comme le fond sombre et mélancolique des riantes broderies de la fête, mais n'en troublaient point l'entrain ni l'éclat. Elles formaient un contraste piquant et parfaitement analogue à la *comédie humaine*, avec les propos futiles ou joyeux qui s'échangeaient dans les groupes de jeunes gens et de jeunes femmes ; avec ces usages mondains qui veulent qu'on ne paraisse attacher de l'importance qu'à ce qui n'en mérite aucune, et avec cette musique admirable qui venait, par intervalles, ravir toute l'assemblée à ses préoccupations graves ou frivoles, et montrer toute la distance qui sépare le paisible domaine de l'art de celui où s'agitent les passions et les partis, les vanités et les rancunes.

Presque tous les hommes qui se trouvaient là étaient éminents, par leur naissance ou par leurs œuvres. A tous moments la voix sonore du valet de service jetait, à travers la porte ouverte à deux battants, quelquesuns de ces noms qui parlent à l'imagination, à la mé-

moire, ou à toutes deux ensemble. Ce que n'avaient pu
faire encore le progrès du temps et les leçons de l'his-
toire, le gracieux empire d'une femme l'accomplissait
pour quelques heures. Sous son regard et son sourire,
une égalité parfaite, une *cordiale entente* s'établissait
entre le grand seigneur de la vieille roche et le grand
dignitaire de l'Empire, entre le gentilhomme de la
chambre et le député en habit noir; entre le marquis,
l'artiste, le savant, le publiciste, le poëte; entre deux
hommes spirituels de partis différents, et, ce qui est
bien plus difficile, entre deux hommes médiocres du
même parti. Le valet de chambre annonçait : M. le duc
de Fitz-James ! — M. Horace Vernet ! — M. de Marti-
gnac! — M. le vicomte de la Rochefoucauld! —M. Rossini ! — M. Biot! — M. le baron Gérard ! — Et pour
toutes ces illustrations si diverses, madame de Tresmes
avait un de ces mots flatteurs sans être exclusifs, qui
caressent la spécialité d'un homme illustre sans l'y ren-
fermer. Douce et salutaire influence des femmes! la
meilleure façon de l'apprécier ce qu'elle vaut, c'est de
songer que c'est en la perdant qu'on devient ce que
nous sommes.

Presqu'en même temps, et comme si le hasard s'é-
tait plu à rassembler deux magnifiques renommées,
le valet de chambre annonça :

— Monsieur de Lamartine !

L'illustre poëte était alors à son apogée; ainsi qu'il
arrive toujours aux renommées qui doivent être du-
rables, la sienne avait eu à subir un moment d'in-

justice pendant ces années de bruit et d'agitation politique qui avaient accompagné la chute du ministère
Villèle. Mais un retour éclatant s'était fait dans les esprits, et l'auteur des *Méditations*, qui allait être celui
des *Harmonies*, glorifié par la nouvelle école pour
avoir révélé la langue des sentiments modernes, était
salué par l'ancienne pour avoir su trouver cette langue
dans le dictionnaire de Racine. Fidèle aux croyances
qui l'avaient si bien inspiré, et auxquelles il allait rendre un public hommage dans son discours de réception
à l'Académie française, pas une tache n'avait terni
cette chaste muse : heureux temps où les cœurs hon-
nêtes n'étaient pas sans peur, mais où les nobles esprits
étaient encore sans-reproche !

Puis, comme si ces beaux noms devaient se résu-
mer dans un seul, plus beau que tous, on entendit
annoncer :

— Monsieur le vicomte de Châteaubriand !

L'historien des quatre Stuarts n'allait presque jamais
dans le monde : son entrée produisit une impression
profonde mêlée d'admiration et de tristesse ; son large
front paraissait voilé par un nuage de soucis et d'incertitudes : l'avenir de nos destinées lui pesait comme un
de ces secrets dont on tient le mot dans sa main, mais
qui sont assez redoutables pour qu'on ne sache pas s
on doit la fermer ou l'ouvrir. Poussé par la fatalité
dans des rangs qui n'étaient pas les siens et qui lui
faisaient porter leur drapeau pour mieux en dissimu-
ler les couleurs, prêtant l'appui de son immortel génie

à des idées pour lesquelles sa plume fut une arme et
son nom un passe-port, cette situation étrange et terrible ajoutait à sa gloire une sorte d'intérêt romanesque,
moins pur peut-être, mais plus grand. On éprouvait en
le voyant quelque chose du sentiment pénible et gran-
diose qu'éveillerait la vue d'une de nos sublimes basi-
liques, enlevée par le malheur des temps aux céré-
monies de notre culte.

Tout à coup, au moment où l'assemblée était encore attentive à l'apparition de ces hommes célèbres,
pendant cet instant de silence qui accompagne les
émotions vives, la voix du valet de chambre, plus re-
tentissante que jamais, lança de l'antichambre ce nom
insolite :

— Monsieur Napoléon Potard !

Notre héros entra, rouge, confus, tremblant sous le
regard de gens habitués à se compter et à se connaî-
tre, qui semblaient se demander d'où arrivait cet in-
trus. En l'entendant annoncer, madame de Tresmes
pâlit ; mais elle se remit aussitôt, et il n'avait pas fait
trois pas vers elle que déjà elle avait repris son attitude
de reine. Son accueil fut glacial ; elle le regarda un
moment, comme un étranger dont on ne reconnaît
ni le nom, ni la personne, fit un petit signe de tête, le
tout en gardant le plus profond silence et d'un air qui
voulait dire : Qui êtes-vous, et qui vous autorise à entrer ici ? — Napoléon Potard fut écrasé par ce calme
hautain. Il s'inclina, essaya un geste de soumission
qu'elle ne parut pas remarquer, puis, se détournant

rapidement, il alla chercher une place bien humble, bien lointaine, où il se tint immobile, promenant son regard attristé sur cette brillante réunion.

Il y a pour les jeunes gens d'imagination une sensation poignante : c'est lorsque le hasard les transporte dans un de ces salons où sont rassemblés les privilégiés de la fortune et de la naissance, du talent et de la gloire, et qu'en face de ces grandeurs diverses ils se débattent, dans le secret de leur cœur, sous le fardeau de leur petitesse. Leur vanité se révolte alors, et s'ils n'ont pas le jugement assez droit pour reconnaître qu'on ne peut pas recueillir avant d'avoir semé ni triompher avant d'avoir combattu, il se forme dans leur âme de mystérieuses haines contre toutes ces distinctions sociales qui les humilient de leur éclat. Ils sentent germer en eux ces ambitions confuses, ces projets orgueilleux, ces rêves insatiables qui les consolent un moment à l'aide de leur décevant mirage, mais dont chaque mécompte doit plus tard les irriter davantage par la comparaison même des illusions qu'ils ont poursuivies avec les réalités qu'ils subissent; disposition dangereuse, qui, passant de la théorie à la pratique, se traduit, selon les temps, dans le salon, par des ridicules, et dans la rue, par des révolutions.

Cette sensation, Napoléon Potard l'éprouvait dans toute son amertume. Isolé au milieu de cette foule où il ne pouvait s'appuyer sur rien, où pas une parole, pas un regard, pas une main, pas un sourire ne venait

le chercher, il se comparait au naufragé perdu, sur
une planche fragile, entre l'immensité des mers et
celle des cieux. Il comprenait pourtant que, si grand
que fût ce vide, il y avait là une personne qui aurait pu
le combler; et celle-là aussi le traitait en inconnu!
Aussi souffrait-il à la fois dans son orgueil et dans
son amour; mais cet amour était si pur qu'il le sauva
de son orgueil. Il se renferma dans sa douleur silencieuse plutôt que d'en faire un sujet de rancune ou de
satire, et d'en rendre responsable ou ce monde dont
les hiérarchies le séparaient de cette femme, ou cette
femme dont les dédains le séparaient de ce monde.

Un fugitif éclair de bonheur vint récompenser sa
résignation. Rossini se mit au piano, et derrière lui
Adolphe Nourrit et madame Damoreau se levèrent
pour chanter le beau duo de *Guillaume Tell*, alors dans
toute la nouveauté de son succès. Nourrit, de sa voix
pure et vibrante, commença le magnifique récitatif:
*Ma présence pour vous est peut-être un outrage!*...
cette expression ravissante d'un amour ardent et
respectueux, luttant contre *l'écueil d'un préjugé
fatal*, comme dit M. de Jouy. La musique est pour
certaines organisations une puissante consolatrice; dès
les premières notes, Napoléon Potard sentit fondre
dans son cœur toutes ses velléités de révolte. Puis, à
mesure que le duo avançait, les paroles, fort niaises
du reste, mais transfigurées par le génie du maître, lui
parurent s'appliquer si bien à sa propre situation,
qu'il ne put s'empêcher de se tourner vers madame de

Tresmes. Elle aussi semblait profondément émue. Lorsque arriva le délicieux andante : *Doux aveu, ce tendre langage!*... il y eut un moment, moment bien rapide, où leurs yeux se rencontrèrent, et ceux de la marquise restèrent attachés sur lui une seconde de plus peut-être que ne l'exigeait sa sévérité. Mais que cet éclair fut court! A l'instant même, avec cette clairvoyance dont les amoureux ont seuls le secret, surtout pour se désespérer, il remarqua qu'un nuage de dépit ou de dédain passait sur son front, et que ce visage enchanteur reprenait son expression méprisante. Hélas! je m'étais donc trompé! pensa-t-il.

Le duo finit au milieu de ces applaudissements discrets qui, dans la bonne compagnie, voilent l'enthousiasme tout comme ils déguisent l'ennui. Dans le mouvement qui suivit, notre héros eut encore une joie. Au milieu d'un groupe qui s'avançait de son côté, il reconnut Raoul de Domazan. Raoul le reconnut aussi, et sans hésitation, avec une franchise charmante, il s'avança vivement vers lui et lui dit, en lui tendant la main : « Ah! Monsieur! que je suis heureux de vous voir, et qu'il me tardait de vous demander pardon!... »

Ce mot, accompagné d'un sourire amical, et si expressif dans la bouche d'un homme dont la bravoure était proverbiale dans l'armée, fut un baume véritable pour le cœur blessé de Napoléon Potard. Isolé, découragé comme il l'était, il accueillit ce secours inattendu avec une reconnaissance si vive, que des larmes lui en vinrent aux yeux, et qu'en ce moment il eût voulu donner sa vie pour Raoul :

— Ah ! Monsieur, lui répondit-il sous l'influence de cette émotion naïve, combien je regrette aujourd'hui que vous ne m'ayez pas tué !...

— C'eût été pour moi un éternel remords, reprit Raoul sur un ton d'affectueux badinage, et... croyez-moi, quand on est bon comme je vous crois, brave comme je vous sais, et tourné comme je vous vois ; lorsqu'en outre on se trouve dans le salon où nous sommes, à portée d'entendre cette délicieuse musique et de regarder ces deux beaux yeux auxquels je ne vous suppose pas insensible... voyons, si pessimiste que vous soyez, cela ne vaut-il pas la peine de vivre ?

Les deux jeunes gens s'étaient assis à côté l'un de l'autre ; Raoul poursuivit l'entretien :

— Monsieur, vous allez peut-être me trouver encore bien indiscret ; mais en France (on le pensait du moins dans le bon temps), quand deux hommes de cœur avaient loyalement croisé le fer, et que le sang de l'un d'eux avait coulé, c'était fini, on pouvait tout se dire, car il ne pouvait plus y avoir entre eux d'autre arrière-pensée que celles qui commencent par l'estime et finissent par l'amitié... Ceci est diablement couplet de vaudeville ; mais que voulez-vous ! nous sommes tous abonnés au théâtre de Madame...

Donc, après ce préambule aussi solennel que celui

des médecins de Pourceaugnac, permettez-moi de vous demander : Où en êtes-vous? et que faites-vous ici?

— Ce qu'on y fait quand on a été accueilli tout juste assez pour ne pas se croire mis à la porte...

— A la porte!... mais... pardon encore de cette sotte question, vous n'étiez donc pas invité?

— Hélas! non. Depuis que je suis revenu à Paris, je me suis présenté plusieurs fois chez madame de Tresmes, sans avoir le bonheur d'être reçu : j'ai cru que c'était le hasard... Ces jours-ci, j'ai su qu'elle donnait une soirée, et alors, n'y tenant plus... peu au courant d'ailleurs des usages du monde, j'ai fait comme ces joueurs auxquels il ne reste plus qu'une carte et qui jouent tout leur avoir sur cette carte-là ; il me semblait que ma conduite aux Eaux de Plombières me donnait quelques droits à sa reconnaissance...

— Des droits! de la reconnaissance! Ah! mon cher, voilà deux mots qu'il faut rayer de votre dictionnaire! ce que détestent le plus les souverains, c'est qu'on leur ait rendu service. Notre charmante marquise est une reine! Reine par la beauté, l'esprit, la naissance et les diamants qui la couronnent : eh bien! elle fait comme ses confrères, et nous, ses très-humbles sujets, nous n'avons le *droit* ni de l'accuser, ni de nous plaindre...

Napoléon Potard ouvrait de grands yeux à ce cours de morale politique et mondaine ; M. de Domazan continua :

— Et puis, il y a encore une chose que les Parisiennes ne peuvent pas souffrir : c'est de retrouver à Paris leurs connaissances des Eaux ou de voyage. Vous les rencontrez en Suisse, dans les Pyrénées, à Baden, à Plombières, n'importe où : elles sont accueillantes, gracieuses, irrésistibles ; elles acceptent avec bonhomie toutes les petites corvées que vous voulez bien subir pour leur plaire, depuis la course à ânes jusqu'au coup d'épée. On se quitte, on se dit au revoir ! on se félicite du hasard qui a si heureusement inauguré des relations qui n'en resteront pas là. Vous êtes ravi, enchanté. Vous venez à Paris ; vous voilà courant au faubourg Saint-Germain et frappant à la porte de votre belle marquise ou duchesse... Hélas !

Votre cœur interroge, et le Suisse répond !

Je vous raconterais là-dessus de très-drôles histoires, si nous n'étions en aussi bonne compagnie.

... Et cependant, reprit Raoul avec mélancolie, s'il y a au monde une personne digne de faire exception à ce que je vous dis là, c'est bien madame de Tresmes... si supérieure aux autres femmes ! Sous ces dehors mondains et frivoles, un cœur si généreux, une âme si sérieuse, un si noble esprit !... Elle, que vous voyez ce soir ne songeant en apparence qu'à ses succès et à ses plaisirs, elle sera peut-être demain matin dans quelque mansarde, à un sixième étage, prodiguant la double aumône de la richesse et de la bonté... Moi qui vous parle, vous savez comment je me suis conduit, l'été dernier, envers elle : comme un fat, et, qui pis est, un fat méchant... Eh bien ! quand je lui ai fait demander la permission de lui présenter ma femme...

— Votre femme ! interrompit notre héros en tressaillant : quoi, Monsieur ! vous êtes marié ?..

— Depuis trois mois, avec cette jolie brune que vous voyez là-bas, en robe de crêpe rose : un parti superbe, un des plus beaux noms de la Touraine, cinq cent mille francs, et pas de belle-mère... Mais, grand Dieu ! qu'avez-vous? ce trouble... cette joie... Je devine : quoi ! mon pauvre ami, vous étiez jaloux !... Ah ! vous l'aimez donc bien?

— Comme un fou, un malheureux fou...

— Oui, je le crains, c'est une folie et un malheur ; mais puisque nous en sommes aux confidences, laissez-moi vous interroger encore, et soyez sûr qu'autant mes questions étaient impertinentes l'an dernier, autant elles seront affectueuses aujourd'hui. Qui croyez-vous être ? Que savez-vous de votre naissance, de votre position en ce monde ?

— Bien peu de chose : je crois que je suis né de parents français dans un village d'Allemagne, près d'Iéna. J'ai été élevé chez ma nourrice jusqu'à l'âge de sept ou huit ans. Un peu après les événements de 1815, je vis arriver un homme d'un aspect sévère et froid, ayant l'air et la tenue militaires : il me regarda quelques instants avec émotion ; mais il reprit aussitôt la physionomie triste et sombre qui paraissait lui être habituelle.

Il causa avec ma nourrice, la paya généreusement, et
m'emmena malgré ses larmes et les miennes. Il me
mit au collége d'Iéna, sous le nom que je porte aujourd'hui. J'y restai huit ans et j'y fis des études bril-
lantes. J'achevais ma philosophie, lorsqu'un jour le
même homme revint; il était horriblement changé,
vieilli. Il me dit que, pour que mon éducation fût complète, j'allais voyager quatre ans, parcourir l'Europe,
voir l'Orient et revenir par l'Egypte. Il me traça mon
itinéraire avec une lucidité, une précision et parfois
une beauté de langage qui me dominait. Quoique
j'eusse alors seize ans, je me sentais un enfant devant
cet homme, tant il y avait en lui de sévérité et de gran-
deur. Je partis, je voyageai, et mille impressions nouvelles m'étourdirent sur ma destinée. La quatrième
année, j'étais à Smyrne. Le banquier chez qui j'allai
pour toucher le montant d'une des traites que l'homme
mystérieux m'avait données à mon départ, me remit
en même temps une lettre qui contenait ces mots:
« Revenez, je suis bien mal, et je voudrais vous revoir
avant de mourir. » Je ne perdis pas un moment; mais,
si prompt que fût mon retour, j'arrivai trop tard; cet
homme était mort sans que personne pût me dire qui
il était. Chez ma nourrice, à l'Université, et à la pa-
roisse où le décès avait été déclaré, on ne l'avait connu
que sous le nom du capitaine Charles. Une vieille
femme qui l'avait servi dans les derniers temps, et que
je parvins à dénicher dans une des plus sombres rues
de la ville, me remit de sa part cette bague antique

que vous voyez à mon doigt, en me recommandant,
en son nom, de la porter toujours. Je la pressai de
questions ; je ne pus rien en obtenir de plus. Depuis
ce moment, il y a trois ans de cela, je ne sais trop que
faire de ma triste personne ; j'ai passé presque tout
mon temps à Paris, où j'ai terminé à la française mon
éducation allemande; ce qui ne me rend, je le crains,
ni plus spirituel ni plus raisonnable...

— Et dans vos deux rencontres avec cet inconnu,
vous n'avez pu savoir quels liens l'unissaient à vous ?

— La première fois, je n'avais que huit ans; la seconde, il m'imposa silence, en me disant que je le sau-
rais un jour, et il me dit cela de ce ton impérieux et
bref qui n'admet pas de réplique.

— Et depuis sa mort, de quoi vivez-vous ?

— D'une inscription de mille écus de rente sur les
fonds français, qui me fut remise par la vieille femme,
avec la bague.

— Et la marquise, où l'avez-vous rencontrée d'abord ?

— Aux bords du Rhin, au mois de juin dernier...
Ah! Monsieur, vous qui êtes né dans une position
brillante, vous qui avez eu tant de personnes à aimer,
vous ne savez pas, vous ne pouvez savoir ce qu'a été le
sentiment immense, indéfinissable, qu'a éveillé en moi
la vue de madame de Tresmes. Je ne m'étais jamais
connu de parents ; je n'avais point de mère, point de
sœur, point d'amis, et je n'avais jamais aimé... Eh bien !
il me sembla que pour mon cœur, orphelin de toute

Le jeune homme marcha ainsi quelque temps sans
rencontrer personne; mais, au coin d'une des dernières rues du faubourg Saint-Germain, il lui sembla
voir comme des ombres qui passaient rapidement, en
se collant aux murailles, et disparaissaient toutes au
seuil d'une maison de peu d'apparence, dont la porte
s'ouvrait et se fermait sur elles. Napoléon Potard s'arrêta : au même instant il entendit une voix qu'il crut
reconnaître et qui approchait en chantant :

> Si l'on signale une nef vagabonde,
> Serait-ce lui? disent les potentats !...

Le chanteur avançait toujours ; lorsqu'il tourna
l'angle de la rue, la clarté du réverbère frappant en
plein sur son visage, Napoléon Potard vit qu'il ne s'é-
tait pas trompé; c'était Cyprien Sureau.

Il l'avait revu depuis son retour à Paris. Cyprien
s'était prévalu auprès de lui de leur rencontre à Plombières, où, pour parler son langage, il lui avait servi
de témoin contre des muscadins aristocrates; mais il
lui plaisait peu; cette politique criarde, mélange de
charlatanisme commercial et de trivialités de café, lui
était si antipathique, qu'il avait repoussé toutes les
ouvertures que lui avait faites Cyprien, relativement à
de grands projets, à des assemblées secrètes, à des
combinaisons mystérieuses d'où devaient résulter selon
lui des changements décisifs dans le gouvernement et
la société.

Mais, ce soir-là, telle était la disposition d'esprit de notre héros, que la vue de Cyprien Sureau, au lieu de lui déplaire, lui parut presque un coup de fortune, parce qu'elle flattait les idées de rébellion et de vengeance qu'il sentait bouillonner en lui. Ce fut donc d'un ton très-amical qu'il dit au commis voyageur, sans songer que celui-ci était en droit de lui adresser la même question :

— Hé ! mon cher monsieur Cyprien, que faites-vous ici, à cette heure insolite ?

Sureau avait cette finesse vulgaire de l'homme forcé, par état, de profiter des circonstances et d'étudier les physionomies. Il comprit tout de suite que Napoléon Potard était en proie à quelque sentiment violent qui donnait prise sur lui : aussi répliqua-t-il en homme qui joue cartes sur table :

— Ce que je fais ? je vous le dirais si j'avais la certitude que vous êtes enfin des nôtres.

— Des vôtres ? qu'entendez-vous par là, je vous prie ?

— Oui, de ceux qui disent que la Restauration n'est que de l'ancien régime réchauffé au profit des voltigeurs de 1815 et des ennemis de nos libertés publiques ; de ceux qui pensent que ce n'est pas pour engraisser les suppôts de Polignac et de Montrouge que nos pères ont fait 89 ; de ceux qui trouvent que la Charte n'est pas un vain mot, et que la donner d'une main pour la déchirer de l'autre, est un acte de lèse-nation ; de ceux qui croient que les princes ramenés par l'étranger se jouent trop ouvertement de nos droits, pour que nous ne nous souvenions pas de nos devoirs. Comprenez-vous ?

En toute autre circonstance, cette faconde prise, pièce par pièce, aux premiers-Paris des journaux d'alors, eût été odieuse à Napoléon Potard, qui avait en haine la vulgarité ; mais dans ce moment, toute politique se traduisait pour lui par ces mots : Une marquise qui l'avait humilié, et un hôtel aristocratique d'où il venait d'être banni. Il répondit donc à Cyprien :

— Je comprends.

— Et vous dites ?

— Que je suis à vos ordres.

— Bravo ! dans ce cas-là, suivez-moi !

D'Altorff les chemins sont ouverts !...

fredonna l'incorrigible commis voyageur.

Ils traversèrent le boulevard ; Cyprien frappa doucement et d'une façon particulière à la porte où étaient entrés déjà plusieurs individus. Elle s'ouvrit sans bruit ; ils descendirent cinq ou six degrés d'un escalier tournant comme celui d'une cave ; arrivés au bas, un singulier spectacle s'offrit à leurs yeux.

Une soixantaine de personnes étaient rassemblées dans une pièce spacieuse, nue, démeublée, dont les

murailles, passées au lait de chaux, sans papiers ni ten-
tures, n'avaient pour ornement que quelques mauvaises
estampes, représentant le Champ d'asile, le Soldat
laboureur et les Adieux de Fontainebleau. Au milieu
était une grande table, couverte de papiers, de liasses
de lettres, de brochures, de cartes de géographie :
devant la table un fauteuil, accosté de quelques
chaises en vieux cuir; puis, dans le reste de la salle,
d'autres chaises en paille, des bancs et des pupitres, le
tout chauffé par un poêle, et éclairé tant bien que mal
par quelques tristes quinquets. Pour un homme qui
sortait du plus élégant salon du faubourg Saint-Germain, tout rempli de fleurs, de lumière et d'harmonie,
la chute était rude et le contraste complet. Hélas! ce
brillant salon, c'était la société qui allait finir. Cette
salle, c'était le monde qui voulait commencer.

Cyprien Sureau nomma tout bas à son nouvel
adepte, qui ne savait pas trop où il était, quelques-uns
des personnages assemblés sous leurs yeux. Là, se
trouvaient pêle-mêle des banquiers, des négociants,
des journalistes, des députés, des généraux, des artistes; puis une foule d'inconnus, obscurs manœu-
vres mis au service de ces illustres démolisseurs.
Comment des éléments si divers avaient-ils pu, même
dans un intérêt commun, se combiner et s'unir ?
Comment le banquier millionnaire, qui avait tout à
perdre à une crise sociale, pouvait-il s'entendre avec
le publiciste aventureux et léger d'argent, pressé de
chercher le Pactole dans son écritoire ? Comment les

vieux débris d'un régime de glorieuse oppression et d'héroïque arbitraire fraternisaient-ils avec ces hommes nouveaux auxquels la Charte avait appris la liberté, comme ces maîtres qui enseignent ce qu'ils ne savent pas eux-mêmes ? Fatales rencontres, hasards funestes que la Providence permet quand elle veut châtier les peuples !

L'homme qui occupait le fauteuil était un vieillard d'une figure spirituelle et vénérable ; je ne le nommerai point, parce qu'on doit du respect aux morts, surtout à ceux qui se sont repentis.

— Quelle nouvelle des provinces ? disait-il à un des secrétaires assis auprès de lui, et qui décachetait une nombreuse correspondance.

— Du bien et du mal : le Midi ne vaut rien... presque aussi exalté qu'en 1815... L'annonce de l'expédition d'Alger a produit sur tout le littoral un enthousiasme immense. Aussi les députés qui nous reviendront de là seront presque tous mauvais.

« ..... L'Est et le Nord vont bien ; l'association pour le refus de l'impôt commence à prendre...

« ..... L'arrondissement d'Abbeville demande un candidat : le sien est suspect ; il a dîné à l'évêché. »

— C'est bien ; on lui enverra N***. Nous n'avions encore rien pu en faire.

« ..... Le département de la Marne signale trois nouveaux refus de sépulture. »

— Bien : renvoyez au *Constitutionnel*.

«..... Quatre nouveaux incendies ont eu lieu en Normandie. »

— Bien ; ceci vous regarde, mon cher C***. Il faut que le *National* en parle demain dans le sens que vous savez.

Le célèbre journaliste fit un signe de tête ; on continua :

«..... Voici une lettre de Romorantin ; on trouve que, depuis quelque temps, le *Constitutionnel* abuse un peu des Jésuites ; on voudrait autre chose.

« ..... On demande vingt-cinq mille francs pour assurer l'élection de Quimperlé ; trente mille pour celle de Châteauroux ; vingt mille pour celle de Châlons... »

Marques d'impatience ; puis tout bas à son voisin :

— Qu'on passe demain à ma caisse...

« ..... M. Fontan, condamné à la détention pour délit de presse, a été transféré à Poissy. »

— Ah ! messieurs les journaux, voici votre affaire ; c'est le cas de frapper fort.

« ..... Trente habitants de la Seine-Inférieure, dont les noms suivent, engagent les principaux députés et écrivains de l'opposition à faire une démonstration énergique et patente ; elle sera soutenue. »

— Il n'est pas temps encore, crièrent à la fois vingt bouches effrayées.

« ..... Les libéraux de Château-Chinon demandent ce qu'il faut penser des empiétements du parti-prêtre ;

les électeurs indépendants d'Aurillac demandent ce qu'il faut penser de la prochaine lutte parlementaire ; les sommités libérales et intelligentes de Nogent-le-Rotrou demandent ce qu'il faut penser, etc. »

Le président fit un résumé de toutes les questions et de tous les faits successivement révélés à l'assemblée.

Au moment où l'on allait se séparer, Cyprien Sureau dit tout bas quelques mots à un des principaux personnages qui se trouvaient là, et lui montra Napoléon Potard qui, depuis son entrée dans cette salle, restait immobile, se demandant si ce qu'il voyait était une réalité ou un rêve.

— Messieurs, dit alors le personnage important, nous avons à recevoir un nouvel affilié : c'est le fils d'un brave de la grande armée.

Personne ne réclamant, on fit avancer notre héros ; on lui présenta une plume et un registre, et on lui dit de signer.

Il prit la plume ; mais au lieu d'écrire son nom, il se tint debout devant la table et demanda la permission de dire quelques mots. On s'attendait à quelque emphatique profession de foi, à quelque dithyrambe libéral, selon la mode d'alors. C'étaient les ennuis du métier ; on se résigna et on écouta.

— Messieurs, dit-il, je ne suis qu'un enfant obscur. Je ne m'étais jamais mêlé de politique, et ce que j'entends ici ne m'en donne pas le goût. Je n'ai le droit de faire la leçon à personne ; si je l'avais, ma raison et ma conscience vous demanderaient peut-être s'il est

patriote de compromettre les destinées d'un pays pour
le plaisir de renverser un roi ; s'il est loyal de déguiser,
sous une lutte de principes, un choc d'intérêts et de
personnes ; s'il est juste de pousser une monarchie jusqu'à l'alternative de s'humilier par des concessions ou
de se perdre par des coups d'État. Encore une fois, je
ne suis rien, et je ne puis parler de toutes ces choses.
Mais il en est une pour laquelle il suffit d'avoir un bras
capable de porter une épée. Une guerre se prépare :
qu'elle soit glorieuse, utile ou imprudente, je l'ignore ;
ce que je sais, c'est que ce sont des Français qui vont
se battre. Et vous, qu'allez-vous faire ? signaler d'avance
chaque obstacle, chaque péril, et faire de ces indiscré-
tions coupables le premier des périls et des obstacles.
Ah ! vous ne parviendrez pas, j'en suis sûr, à décou-
rager nos marins et nos soldats ! Mais les puissances
étrangères, si elles hésitent, mais les ennemis, s'ils vous
lisent, vont trouver dans vos journaux de quoi se pré-
valoir pour nous entraver, de quoi s'instruire pour
nous combattre. Et je m'associerais à cette œuvre funeste !... non, mille fois non : je sortirai d'ici comme
j'y suis entré ; ce que j'ai vu et entendu s'ensevelira
dans mon cœur comme dans un tombeau, et je ne
conspirerai avec vous... que par mon silence !

En achevant ces paroles, il jeta la plume sur la table
et l'écrasa sous ses doigts.

Je renonce à peindre l'impression causée par ce
*speech* inattendu. Chacun se regardait en se deman
dant quel était le téméraire entré là pour faire enten

dre à d'aussi illustres citoyens d'aussi impertinentes vérités. Cyprien Sureau s'agitait sur sa chaise ; l'irritation gagnait de groupe en groupe ; déjà le mot inévitable, le mot *mouchard* était murmuré çà et là.

Napoléon Potard l'entendit ; une noble rougeur lui monta au front.

— Messieurs, reprit-il, si je suis un mouchard, si vous craignez que je ne vous trahisse, vous avez un excellent moyen de vous défaire de moi. Je n'ai ni parents ni amis, à peine un nom ; personne qui me réclame demain, si je disparais aujourd'hui. La nuit est sombre, les boulevards déserts. Je vais les suivre dans toute leur longueur, jusqu'à la rue de Vaugirard que je remonterai jusqu'au Luxembourg. Je marcherai lentement, je suis sans armes, et si l'on me frappe, je ne me défendrai pas. Croyez-moi, mieux vaut faire tuer un espion que faire détruire une armée !

Ces mots, prononcés avec un accent où vibraient l'indignation et la franchise, produisirent une vive impression.

— Au fait, dit le président avec un sourire, si c'était un mouchard, il n'eût rien dit et il eût signé.

Mais il n'eut pas le temps d'intervenir. Une diversion énergique l'en empêcha.

Un homme qui s'était tenu aux derniers rangs de l'assemblée, à demi caché dans l'ombre, et qui, à l'entrée des deux jeunes gens, avait ramené sa casquette sur ses yeux et son collet sur ses, oreilles se leva tout à coup et s'écria d'une voix saccadée par la colère :

— Qui est-ce qui a osé dire que Napoléon Potard était un mouchard ?

Notre héros se tourna vers ce nouvel auxiliaire et reconnut Pierre Aubrespy.

Le vieux sergent était debout et paraissait grandi d'une coudée. Son crâne à demi dépouillé, ses cheveux blancs et courts se confondaient presque avec le ton mât de la cloison, d'où semblaient sortir ses yeux étincelants.

— Sachez, continua-t-il, que, parmi vous tous, il n'en est pas un qui ait dans les veines un sang plus pur, dans la poitrine un cœur plus brave que celui que vous soupçonnez? Toucher à un cheveu de sa tête! il n'y a pas de danger, tant que je ne suis pas manchot ! Mouchard, eh bien ! je le suis aussi moi ; car les jambes me démangent de sortir. Je n'aime pas les beaux diseurs, et je vois, mes petits amis, que vous vous amusez à la moutarde. Ainsi, bonsoir, motus, demi-tour à droite ; et si quelqu'un n'est pas content, je m'appelle Pierre Aubrespy, ancien sergent de la 82e, décoré à Iéna. Assez causé. Monsieur Napoléon, venez !

L'auditoire, de plus en plus stupéfait, ne soufflait pas un mot. Le président, qui avait une grande et légitime influence, fit un signe pour qu'on ne donnât pas suite à cet incident désagréable, et qu'on laissât librement sortir les deux récalcitrants.

Pierre Aubrespy sortit de la salle, suivi de Napoléon Potard.

Arrivés sur les boulevards, il le regarda un moment

avec cette expression d'ineffable tendresse que le jeune homme avait déjà remarquée à Plombières. Il tenait sa main dans la sienne, et la serrait comme s'il eût voulu ne plus le quitter. Mais bientôt maîtrisant son émotion, il lui dit :

— Adieu, Monsieur ! nous devons nous séparer, pour longtemps peut-être ; oubliez que nous nous sommes rencontrés, oubliez ce que vous avez vu et entendu : il le faut pour l'accomplissement de votre destinée. Moi, je vous quitte ; n'essayez pas de me retenir, ni de m'interroger ; car je ne pourrais rester un moment ni répondre un mot sans désobéir à quelqu'un... à qui nous devons tous deux obéissance... Adieu.

Un attendrissement irrésistible gagnait le vétéran. Il passa sa main calleuse sur ses yeux, frotta du revers de son habit ses moustaches grises, secoua de nouveau la main de Napoléon Potard ; et avant que celui-ci, tout étourdi des émotions de la nuit, eût songé à l'arrêter, il lui tourna le dos et disparut derrière un arbre. Bientôt le bruit de ses pas se perdit dans l'éloignement et l'obscurité.

Notre héros, resté seul, sentit passer sur son front brûlant l'air froid et humide ; peu à peu il sortit de ce vague étonnement où il était plongé comme s'il eût été le jouet d'une hallucination bizarre. Alors il se rendit compte de ce qu'il avait éprouvé ; il réfléchit, il s'interrogea, et il se trouva plus calme qu'en sortant de chez madame de Tresmes ; le spectacle auquel il venait d'assister avait réagi contre sa colère et son orgueil.

Aussi, lorsqu'il rentra chez lui, accablé de fatigue, il avait déjà rejeté bien loin ces deux fardeaux si lourds pour les âmes jeunes, le désespoir et la haine. Il s'endormit, à demi réconcilié avec la vie... et peut-être avec Bénédicte.

Le lendemain matin on lui remit une lettre ; il tressaillit en reconnaissant l'écriture : la même main mystérieuse qui lui avait déjà écrit à Plombières, avait tracé cette fois, en caractères élégants et microscopiques, les mots suivants :

« Vivre, c'est souffrir, mais c'est espérer.

« Aimer, c'est souffrir, mais c'est pardonner.

« Espoir ! pardon ! et n'oubliez pas Ville-d'Avray, et « le 10 juin 1835. »

# V

## QUITTE OU DOUBLE

Dans cet hôtel de Tresmes, où nous avons vu une aimable femme faire les honneurs de son salon à l'élite de Paris, il se passait, quelques mois plus tard, une scène bien différente. Bénédicte, brisée de fatigue, les yeux rougis par les angoisses et les veilles, était assise près d'un petit lit, dont elle soulevait de temps à autre les blancs rideaux pour contempler avec une anxiété douloureuse une belle et pâle enfant qui dormait d'un sommeil pénible. Cette enfant, c'était Marie, sa fille, qu'une fièvre nerveuse avait tenue pendant quinze jours entre la vie et la mort. Quoiqu'elle eût à peine douze ans, il y avait entre Marie et sa mère une si intime union, qu'elles vivaient, pensaient, respiraient ensemble. C'était de part et d'autre un de ces amours infinis qui ont quelque chose d'effrayant comme les abîmes où l'œil se perd, un de ces sentiments immenses qui, en se brisant, emportent tout, l'âme qui s'en va et le cœur qui reste.

Dès que Marie avait ressenti les premières atteintes, madame de Tresmes s'était installée auprès d'elle et ne l'avait plus quittée. Chaque jour Récamier la retrouvait à la même place, soignant sa fille sans relâche, avec un mélange de lucidité et de passion, d'ardeur et de sang-froid qui émerveillait le docteur. Elle le comprenait à demi-mot, lui décrivait chaque symptôme et chaque incident, allait au-devant de ses ordonnances, et, grâce à ce miracle de tendresse dont les mères ont seules le secret, elle s'identifiait tour à tour avec le médecin pour savoir ce qui pouvait soulager Marie, et avec Marie pour deviner ce qu'elle souffrait. Aussi Récamier lui disait-il souvent : Je vois, Madame, que j'ai deux malades ; mais l'une m'aidera à sauver l'autre.

La veille, il y avait eu une crise affreuse ; c'était le quatorzième jour, celui qui, dans ces sortes de fièvres, est regardé comme décisif. Après un accès que le délire de la malade rendait plus alarmant, il y eut vers le soir un peu de mieux. Récamier avait ordonné une

potion qui devait être donnée à Marie de deux heures
en deux heures : après quoi, dit-il, elle s'endormira
d'un sommeil d'abord agité, mais qui peu à peu deviendra plus paisible, et qui, s'il se prolonge, doit être
d'un effet salutaire et certain. — Qu'on juge maintenant de quel regard la mère avait suivi ce sommeil dont
chaque seconde était une portion de son cœur.

Tout s'était passé jusque-là suivant les prévisions
du docteur : Marie s'était endormie vers le matin, et
après quelques alternatives d'agitation fébrile et de
repos léthargique, ce sommeil devenait insensiblement
plus régulier et plus tranquille : qu'il durât quelques
heures encore, et le principal péril était passé. On
n'eût rien pu rêver de plus suave que la pose et le visage de cette enfant; la fièvre et la souffrance avaient
ajouté à sa beauté angélique une expression idéale et
passionnée, bien rare à cet âge. On eût dit que cette
chaste et blanche fleur, que le ciel disputait au monde,
mêlait déjà dans son mystérieux calice les parfums de
ses deux patries. Une boucle de cheveux s'échappant
de son petit bonnet de tulle estompait, comme d'une
ombre soyeuse, l'ovale amaigri de ses joues. Une de
ses petites mains était ramenée sur sa poitrine comme
pour en compter les battements insensibles. L'autre
s'agitant hors du lit dans les premiers mouvements
d'une vague somnolence, avait fini par se poser au milieu d'une touffe de dahlias et de roses blanches que,
par un gracieux caprice, Marie avait voulu avoir auprès
d'elle et qu'on renouvelait tous les matins. Tout cela

était languissamment éclairé par un faible rayon du jour, qui glissait à travers les jalousies abaissées et qu'adoucissaient encore les doubles rideaux de mousseline ; cette scène avait un caractère de paix et d'harmonie mélancolique, où semblaient se confondre, sous un rayon d'espérance, le reflet fugitif de la vie et la muette quiétude du tombeau.

Hélas ! la matinée était bien peu avancée, et ce jour-là c'était le 29 juillet 1830.

Dans la matinée, un des principaux points d'attaque avait été, comme on sait, la caserne Babylone ; une barricade de pavés et de voitures était établie à la hauteur de la rue des Brodeurs, et les assaillants, au nombre de deux mille environ, avaient concentré là presque toutes leurs forces. Le régiment des chasseurs de la garde avait bravement soutenu le choc ; mais, sans vivres depuis la veille, déconcerté par le manque d'ordres et d'ensemble, il ne put que faire admirer des prodiges de valeur isolés et inutiles. Au nombre des officiers qui, ce jour-là, se seraient couverts de gloire si la guerre civile, cette marâtre injuste, couronnait tous ceux qui en sont dignes, on remarqua surtout le colonel D... et un jeune capitaine aux moustaches blondes, décoré de la rosette de la Légion d'honneur, que nos lecteurs connaissent dejà : c'était le vicomte Raoul de Domazan.

Raoul se battait comme un lion : à la tête d'une cinquantaine de ses hommes il chargea trois fois les assaillants et leur fit éprouver des pertes considérables.

Aussi devint-il bientôt le point de mire : « Tirez sur la moustache blonde ! » criait-on de toutes parts. A la troisième attaque, un coup de carabine, parti du groupe où il était, blessa grièvement un étudiant qui paraissait être un des chefs. Dans le même moment, Raoul, emporté par son ardeur, se trouva à quelques pas des siens, entre les insurgés et la barricade. Aussitôt il fut enveloppé, et une balle lui laboura l'épaule droite. Son sang-froid ne l'abandonna pas; mettant son sabre entre ses dents, il donna un violent coup d'éperon à son cheval, dont le poitrail couvert de sang et d'écume renversa les ennemis les plus proches, et qui, franchissant la barricade d'un bond inespéré, se lança à fond de train dans la rue. Mais au bout d'une soixantaine de pas, un coup de feu tiré on ne sait d'où atteignit le noble animal qui tomba roide mort. Raoul, un instant engagé sous son cheval, fit un dernier effort, il se releva, regarda derrière lui : les assaillants étaient à quelque distance. En même temps, un sentiment instinctif lui fit jeter les yeux sur le numéro de l'hôtel le plus voisin; il reconnut l'hôtel de Tresmes. Il le croyait inhabité dans cette saison ; au milieu des derniers événements il avait complétement perdu de vue Bénédicte. A tout hasard, il frappa ; un petit guichet grinça dans l'intérieur : le concierge, vieux serviteur habitué à respecter les uniformes, hésita un moment, puis ouvrit. Raoul entra précipitamment, sans remarquer dans son trouble un jeune homme qui arrivait du côté opposé, et qui tourna rapidement l'angle de la rue.

Tout cela fut plus prompt que la pensée, et surtout que mon récit. Pendant un instant la rue sembla déserte. Un soleil ardent brûlait les toits et les pavés. Au loin, une fumée épaisse montait toute droite et se confondait peu à peu avec l'azur de l'air et du ciel; le bruit de la fusillade s'interrompait par intervalles, puis recommençait.

M. de Domazan dit quelques mots au concierge, qui, sans lui répondre, se hâta de remettre les verrous; puis il monta le perron, ouvrit une porte vitrée, entra dans l'antichambre qui donnait sur le jardin par une autre porte pareille. Au moment où il allait ouvrir cette seconde porte, il entendit un léger bruit derrière lui. Il se retourna, et se trouva face à face avec Bénédicte.

— Oh! Madame, lui dit-il en tressaillant, j'étais poursuivi, blessé, seul; je vous croyais absente, et je...

— Silence! interrompit tout bas Bénédicte, en lui montrant une petite porte à gauche; ne savez-vous pas que ma fille est là?... ma fille malade, Monsieur? Elle dort, et si elle s'éveillait en ce moment, le médecin l'a dit, elle serait perdue.

Raoul pâlit de honte et de douleur; il y avait quelque chose de terrible dans cette conversation à voix basse, où s'agitaient deux existences, trois peut-être. L'officier tomba à genoux, les bras tendus vers Bénédicte.

— Pardon, pardon! murmura-t-il, je suis un malheureux destiné à n'apparaître auprès de vous que pour le mal. Oh ! si j'avais su !… plutôt mille fois périr à votre porte qu'amener ici l'épouvante, le désordre et la mort !…… Mais, ajouta-t-il, peut-être votre hospitalité ne vous coûtera-t-elle pas si cher ; ma blessure n'est rien ; votre jardin, n'est-ce pas ? côtoie une petite rue solitaire, et le mur n'en est pas trop haut pour qu'un homme leste et déterminé ne puisse le franchir ?

Bénédicte fit un signe affirmatif.

— Eh bien ! alors, adieu, Madame, et que votre céleste bonté me pardonne encore ! grâce à vous, je pourrai retourner auprès de mes compagnons d'armes, me battre encore pour mon drapeau, pour le roi !… oui, plus de doute, les révoltés ont perdu ma trace ou renoncent à entrer ici… on n'entend plus rien… adieu, adieu !…

En ce moment des coups violents, réitérés, retentirent à la porte cochère.

— Il est trop tard, dit Raoul.

— Non… Monsieur, il n'est pas trop tard ; Germain, le concierge, m'est dévoué. Il tiendra quelques minutes ; pendant ce temps courez au jardin, sautez par-dessus le mur, et vous êtes sauvé !

— Oui ; et après ces quelques minutes, Germain effrayé ouvrira, ou la porte finira par céder. En un instant, deux ou trois cents hommes irrités, armés, se précipiteront dans cette cour, puis sur ce perron, puis dans cette antichambre, puis… partout, demandant l'officier qui a fait tirer sur le peuple ; et cela avec des cris, un tumulte qui réveillera votre fille !… et vous voulez que je songe à m'enfuir? oh! Madame! vous me méprisez donc bien!

— Grâce! grâce! ne dites pas ces choses terribles! balbutia la marquise éperdue.

—Si, Madame! il faut que je les dise, pour que vous me laissiez faire mon devoir. Entendez-vous ces cris, ces coups qui redoublent? avant que la porte cède ou soit ouverte, je serai dans la cour, et le premier objet qui frappera la vue de ces furieux, ce sera moi!...

— Oh! jamais cela! jamais! je vous le défends, au nom du roi, au nom de votre femme!

— Madame! Madame! répliqua Raoul arrivé au dernier paroxysme de l'exaltation et du désespoir, vous n'êtes donc pas mère!!!...

Ce mot acheva de briser le courage de Bénédicte; elle tomba sur un fauteuil à demi morte, à demi folle.

— Eh bien! faites ce que vous voudrez, murmura-t-elle.

Aussitôt M. de Domazan s'élança vers le perron; mais il n'eut pas le temps d'y arriver : un homme parut derrière la porte vitrée qui donnait sur le jardin.

— C'en est fait, tout est perdu! dit Raoul.

— Tout est sauvé, dit Bénédicte, à qui un instinct de femme aimée venait de faire reconnaître Napoléon Potard.

C'était lui en effet ; il ouvrit la porte presque sans bruit; il avait un bras en écharpe, mais il était calme; le feu de son regard trahissait seul l'émotion qui l'agitait.

—Madame, dit-il à la marquise, votre salon est là, n'est-ce pas?

— Oui, Monsieur.

— Et la chambre de votre fille est là tout auprès?

— Oui.

— Comment s'appelle le concierge de votre hôtel?

— Germain.

— C'est bien; maintenant entrez au salon avec M. de Domazan, et laissez-moi faire.

Ils lui obéirent comme dominés par un ascendant irrésistible.

Notre héros se dirigea vers le perron; la porte cochère paraissait près de tomber sous les coups qui redoublaient toujours :

— Germain, dit-il froidement, madame la marquise vous ordonne d'ouvrir.

Germain, qui mourait de peur, ne se le fit pas dire deux fois; il tira prestement les verrous, et au bout d'une seconde, les insurgés remplissaient cette vaste cour.

C'était un spectacle étrange, où se mêlaient, comme dans toutes les choses de la vie, le bouffon, l'effrayant et le sublime. Le pinceau de Delacroix et de Salvator, le crayon d'Hogarth et de Charlet auraient eu mille traits à saisir parmi ces types divers, accentués, auxquels la chaleur de l'action, le délire de la résistance et du combat ajoutaient une nouvelle énergie. Toutes les classes de la société étaient représentées dans ces rangs improvisés, bigarrés, poussés en avant, sans mot d'ordre et sans consigne, par le simoun révolutionnaire ; le gamin de Paris, avec son casque de papier, sa chemise bleue, son bourgeron de cotonnade, maniant avec autant d'audace que de maladresse une mauvaise escopette dérobée chez quelque armurier de la Cité, coudoyait le bourgeois fashionnable dont le brillant fusil de chasse, la casquette de crin et les guêtres de peau composaient une tenue plus élégante que martiale. A côté du grognard des dernières guerres de l'Empire, du vieux débris de Montereau et de Château-Thierry, obéissant à des enthousiasmes politiques un peu surpris de militer ensemble, l'artiste, aventureux, goguenard, observateur, paraissait plus heureux de rencontrer une émotion et un spectacle, que pressé de retrouver une Charte. Tout auprès, le garde national, arrivé avec sa baïonnette intelligente, sa mise moitié militaire, moitié bourgeoise, et encore un peu embarrassé de son rôle, ne savait trop s'il était là en modérateur ou en combattant. L'élève des Écoles, enivré de poudre, de jeunesse et de soleil, brandissait au-dessus de son béret rouge un sabre de mameluck, pris dans les magasins de l'Odéon. L'ouvrier, plus grave, plus passionné, étanchait avec un pan de sa blouse grise, le sang et la sueur de son front et de ses mains, et l'homme des faubourgs, cet être sans date et sans nom, cette écume vivante de toute révolution qui bout, regardait à droite et à gauche, calculant ce qu'il y avait à piller dans ces somptueux appartements.

Tout ce monde piétinait, parlait, menaçait, formait

des groupes mouvants comme la houle des mers ; de temps à autre il en sortait des cris : A mort le garde royal ! à mort la moustache blonde ! nous le voulons ! il est ici ! on le cache ! qu'on nous le rende ! à l'eau le collet rouge, l'aristocrate, le Polignac !...

Napoléon Potard s'était arrêté sur la troisième marche du perron ; il dominait de là toute cette foule dont la colère, en le regardant, se mêlait déjà de quelque surprise. Il était plus grand que Raoul, il était brun, et son costume d'ailleurs rendait toute méprise impossible.

— Que voulez-vous, Messieurs? demanda-t-il tranquillement.

Les cris redoublèrent : Nous voulons l'officier qui a tué l'étudiant Sorel... à l'eau, à l'eau la moustache blonde !...

Napoléon Potard fit un geste ; il y eut un moment de silence.

— Messieurs, leur dit-il, vous demandez un officier de la garde, et c'est un enfant du peuple qui se livre à vous.

— Ne le croyez pas ! c'est un aristocrate ! un marquis déguisé qui cache l'autre ! à l'eau, à l'eau !

— Messieurs, une minute encore, vous me noierez ensuite. Il y a une heure, je me battais, près d'ici, comme vous, pour vous. Blessé au bras, voyez (il releva sa manche et montra son bras tout en sang) ! j'ai frappé à la première porte venue : c'était ici ; on m'a ouvert ; on m'a reçu ; on ne m'a pas demandé si j'étais pour Charles X ou pour le peuple, blessé par un Parisien ou par un Suisse ; non, je souffrais, j'étais en danger ; voilà tout !...

Le silence continua, interrompu çà et là par quelques cris.

— Et savez-vous qui m'accueillait ainsi, moi, poursuivi, traqué, moi qui pouvais apporter ici mille désordres, mille périls ?

Nouveau silence ; notre héros reprit avec plus de force :

— C'est une femme, une veuve, une mère, isolée, sans appui, dont l'unique enfant, malade et endormie, ne résisterait pas à l'épouvante d'un semblable réveil. Maintenant, Messieurs, il y va pour elle de la mort ou de la vie de sa fille : si vous faites un pas de plus, vous la tuez ; mais ce pas, vous ne le ferez que sur mon cadavre.

En même temps, se plaçant en travers du perron dont il descendit les dernières marches, il se trouva à quelques pas des groupes. L'énergie de son geste et de sa parole, son air de franchise, sa jeune et mâle beauté, tout contribuait à émouvoir cette foule, plus ardente que sanguinaire ; déjà quelques symptômes plus rassurants se manifestaient dans ces rangs tumultueux. Cependant l'un des plus acharnés dit d'un ton moqueur :

— Hé ! l'ami ! vous qui parlez si bien, qui êtes-vous donc ? dites-nous votre nom, pour que nous allions boire à votre santé !...

— Vous voulez savoir mon nom?... il ne vous apprendra rien; n'importe, je vais vous le dire : je m'appelle Napoléon Potard.

— Oh! ça, c'est vrai, dit quelqu'un dans la foule; aussi vrai que je me nomme Cyprien Sureau.

Ce fut un coup de partie; le commis voyageur était hâbleur, rodomont, séditieux, mais point méchant; en outre, sa faconde et son érudition *chansonnière* lui donnaient quelque influence.

— Monsieur Cyprien, lui dit Napoléon Potard, venez à mon aide; dites à ces Messieurs si je leur en impose !

— Non, répondit Sureau sans hésiter.

— Est-il vrai ou faux que je me nomme Napoléon Potard?

— C'est vrai.

— Que l'an dernier, à pareille époque, je me battais contre un de ces aristocrates qui vous mitraillent aujourd'hui?

— C'est vrai.

— Qu'il refusait de se battre à cause de mon nom roturier?

— Oui.

— Et que mon témoin, qui répondait de moi corps pour corps, était un vieux troupier de la 82ᵉ, décoré à Iéna, et nommé Pierre Aubrespy?...

— Pierre Aubrespy ! c'était mon sergent, dit un ancien soldat à moitié perclus qui s'était traîné là avec son fusil de 1807; puis il ajouta, comme se parlant à lui-même : C'est étonnant comme ce jeune homme ressemble à...

Le nom se perdit au milieu du bruit. Déjà, par un de ces revirements rapides, si communs chez les masses populaires, Napoléon Potard devenait presque un héros aux yeux de ceux qui, un quart d'heure auparavant, avaient paru prêts à le massacrer. Des bravos, des vivats commençaient à remplacer les menaces ; il vit le changement et en profita :

— Amis, reprit-il, pas plus de cris d'enthousiasme que de cris de mort : les uns n'étaient pas dignes de vous, je ne suis pas digne des autres ; mais si je vous inspire quelque estime, quelque confiance...

— Oui, oui, vive Napoléon ! vive la Charte !

— Retirez-vous en bon ordre, en silence, et... courez à l'Hôtel de ville où tout se décide en ce moment..

— C'est cela ! à l'Hôtel de ville ! vive l'Empereur ! vive Lafayette !

Et la foule docile commença à s'écouler par la porte cochère, toujours en désordre, mais sans clameur. Si l'érudition et l'émeute pouvaient marcher ensemble, on se fût souvenu du *forte virum quem* de Virgile.

Au bout de cinq minutes la cour était vide. Germain, hébété d'étonnement et de frayeur, referma les deux battants ; on entendit encore dans la rue quelques cris vagues, puis quelques pas lointains, puis plus rien, que ce silence de midi, dans les jours chauds, aussi complet et aussi morne que le silence de la nuit.

Notre héros remonta lestement ; il retrouva dans le

salon Bénédicte et Raoul pâles, mais calmes et résolus.

— Madame, dit-il à la marquise, vous voyez qu'il y a des moments où il vaut mieux s'appeler Potard que Montmorency.

Ce fut sa seule vengeance ; il tendit la main à M. de Domazan, qui la serra, muet d'admiration et de reconnaissance. Un moment, mon ami ! lui dit Napoléon Potard ; puis revenant à madame de Tresmes :

— Excusez-moi, madame la marquise, reprit-il, si j'ai osé entrer encore dans cet hôtel après que vous m'en aviez chassé. La circonstance me justifie. Voici deux jours que je cours les rues, sans prendre parti pour personne, en spectateur, espérant attraper quelque balle ou quelque boulet ; car je me savais assez isolé et je me sentais assez malheureux pour ne pas craindre la mort. Malgré moi, une force invincible me ramenait ici, près de cet hôtel, où je savais que vous étiez avec votre fille malade ; il me semblait qu'au milieu de cet orage de feu qui se déchaînait sur la ville, j'aurais peut-être occasion de vous servir, de vous protéger. C'est encore pour obéir à ce pressentiment, que depuis deux jours j'étudiais le plan de ce quartier, de cet hôtel et de ce jardin, comme pour en faire le siége. Il y a deux heures, une balle morte m'a atteint, sur le quai d'Orsay. Je me suis replié sur cette rue, et au moment où j'en tournais l'angle, j'ai vu M. de Domazan frapper à votre porte, puis les insurgés arriver. Mon cœur m'a fait tout deviner, même que cette légère blessure et ce bras en écharpe pourraient vous être bons à quelque chose. J'ai escaladé le mur du jardin et... vous savez le reste. Maintenant, madame la marquise, me pardonnez-vous ?

Au moment où il était entré, le visage de Bénédicte avait pris une indicible expression de tendresse ; mais passant du soleil brûlant de la cour au demi-jour de l'appartement, Napoléon Potard n'avait pu s'en apercevoir. Pendant qu'il parlait, elle se remit peu à peu et redevint impassible ; quand il eut fini, au lieu de lui répondre, elle s'avança sur la pointe du pied jusqu'à la petite porte, prêta l'oreille, se pencha à la serrure :

— Marie ne s'est pas éveillée, dit-elle.

Notre héros la regarda avec autant de surprise que de désespoir ; il avait peine à croire à tant de froideur et d'ingratitude ; mais il ne pouvait pas se tromper : c'était bien là Bénédicte, pâle et silencieuse comme un fantôme, sublime et insensible statue sur laquelle l'amour, la pitié, la reconnaissance, la peur, glissaient sans laisser plus de trace que des gouttes d'eau sur du marbre. Après un moment de silence, il se tourna vers M. de Domazan, et lui dit :

— Trouvez-vous, Monsieur, que j'aie quelque droit à votre amitié ?

Le regard de Raoul répondit pour lui.

— Eh bien ! vous le voyez : Madame me dédaigne parce que je ne suis rien, parce que je suis sans état, sans naissance et affublé d'un nom ridicule. J'en suis sûr, mon ami, vous savez sur ma destinée quel-

que chose que j'ignore. Pierre Aubrespy, je vous le ré--
pète, s'approcha de vous le jour de notre duel ; il
vous parla tout bas, et ce qu'il vous dit vous décida à
vous battre ; vos manières changèrent à l'instant : de
hautaines et railleuses qu'elles étaient, elles devinrent
affectueuses et polies : Raoul, vous savez qui je suis :
dites-le-moi, dites un mot, et vous serez quitte au
centuple !...

Avant que Raoul horriblement troublé par cette demande, avant que Bénédicte qui avait écouté avec une
attention inquiète, eussent eu le temps de répondre,
on entendit dans la rue le galop régulier de deux chevaux qui s'arrêtèrent devant l'hôtel. Raoul, avec cette
finesse d'ouïe que donne l'extrême habitude, reconnut
qu'ils devaient appartenir à son régiment. En effet,
c'était un sous-officier de chasseurs, tenant un cheval
en main. Il entra dans la cour, et envoya par Germain
le billet suivant, écrit au crayon sur la page déchirée
d'un carnet de poche, et adressé à M. de Domazan :

« Le maréchal des logis Durand assure vous avoir
vu entrer à l'hôtel, n° 12, qui est celui de madame
de Tresmes. Je l'y envoie, avec un cheval pour vous
dans le cas où ces b...... de Parisiens vous auront laissé
assez de sang dans les veines pour reprendre le fil du
discours. Les rues voisines sont désertes en ce moment ; l'effort des insurgés s'est porté ailleurs. Je rallie
le régiment sur la place Louis XV, pour nous diriger
de là aux Tuileries. Nous n'avons perdu qu'une cinquantaine d'hommes : mais il y a des drôles qui par-

lent de se débander, sous prétexte que la cause est perdue. Vous, mon cher, qui ne boudez pas, venez vite, s'il vous reste un souffle de vie ; je compte sur votre influence et votre exemple pour ranimer mes gaillards. Vous pensez bien, Raoul, que tout ceci n'est pas au nom de la discipline et de mon grade, mais au nom de notre affection et de l'honneur. Venez : ce n'est pas votre colonel qui vous l'ordonne, c'est votre ami qui vous le demande.

« Le colonel D... »

Raoul bondit, à la lecture de ce billet, comme le noble coursier de l'Écriture au son du clairon. Oubliant où il était et qui il avait à remercier, il allait sortir en courant lorsque Napoléon Potard le retint.

— Un mot est vite dit, Raoul ; avant de sortir, dites-le-moi.

— Que me voulez-vous ? vous voulez que je manque à une promesse sacrée, que je trahisse à la fois ma parole et celle d'un autre ? vous pensez que dans ce moment terrible où tout se croise et s'entre-choque dans mon âme, je n'aurai pas la force d'un refus, et vous voulez en profiter, n'est-ce pas ?

— Eh bien ! oui, répondit Napoléon Potard, en proie à une exaspération croissante ; il ne sera pas dit que je me débattrai toujours sous le poids d'un mystère que d'autres savent et que je leur demande en vain ; il ne sera pas dit qu'ils passeront toujours auprès de moi comme des fantômes railleurs, me jetant

une énigme dont ils emportent le mot en s'enfuyant ?...
Non, Raoul, non. Il est des instants où les lois ordinaires de l'honneur deviennent impuissantes, et nous
sommes dans un de ces instants. Il n'y a plus ici ni
trahison ni parjure ; il n'y a qu'un homme qui a le
droit d'apprendre enfin un secret qu'il ignore, et qu'il
vous demande à genoux !...

En achevant ces mots, il tomba aux pieds de Raoul
qu'il retenait par son ceinturon.

Raoul était fou ; il voyait les minutes s'écouler : à ses
pieds un suppliant qui venait de lui sauver la vie ; un
vertige affreux s'empara de lui.

— Vous le voulez ? dit-il ; vous voulez que je sois
déloyal et traître, et vous me laisserez sortir après ?

— Oui.

— Eh bien !...

Avant qu'il eût pu prononcer une syllabe de plus,
Bénédicte s'élança vers la porte, et mettant la main
sur la clef :

— Monsieur de Domazan, dit-elle, vous voyez cette
clef : vous êtes trop bien élevé pour venir me l'ar-
racher de force. Si vous dites un mot, un seul, si
vous révélez un secret confié à votre probité par un
honnête homme, je ferme cette porte à double tour,
je vous emprisonne dans ce salon jusqu'à demain ;
votre colonel saura que vous êtes ici, mais il ne vous
reverra pas !

— Et je serai déshonoré !... oh ! Madame !...

Il ne put en dire davantage ; il était écrasé par cette

épouvantable menace. Seulement il jeta sur Napoléon Potard un regard désespéré, que celui-ci comprit.

— Madame, dit-il, vous pouvez ouvrir à M. de Domazan ; je ne lui demande plus rien. Et vous, Monsieur, vous pouvez sortir, je ne vous retiens plus.

Raoul s'inclina, passa, sans mot dire, entre ses deux redoutables interlocuteurs, et disparut. Au bout d'un moment on entendit les chevaux qui piaffaient dans la cour sortir au galop, puis tout bruit cessa de nouveau.

C'était le tour de Napoléon Potard ; il salua madame de Tresmes, traversa le salon en silence ; arrivé à la porte, il se retourna, regarda encore une fois Bénédicte et lui dit d'une voix étouffée :

— Adieu, Madame, adieu... pour toujours !

— Peut-être, murmura la marquise, sans que le jeune homme pût l'entendre.

Lorsqu'elle fut seule, elle courut à la chambre de Marie, qui ne s'était pas réveillée : elle se rassit près de son lit et demeura longtemps, bien longtemps, dans une attitude pensive ; le regret, la résignation, la joie, la tendresse, la douleur, les sentiments les plus divers, les émotions les plus contraires, passaient tour à tour sur son front, comme ces nuées d'automne que le vent pousse à travers un ciel orageux.

Cependant la soirée avançait ; le bienfaisant sommeil de Marie s'était prolongé assez longtemps pour rassurer sa mère. Déjà quelques nuances plus animées se répandant sur ses joues charmantes, quelques mouvements gracieux et légers comme ceux de l'oiseau prêt à retirer son cou de dessous son aile, annonçaient l'approche d'un paisible et doux réveil.

Un peu avant la nuit, Récamier, malgré les désordres et les périls de la journée, trouva moyen d'arriver jusqu'à l'hôtel de Tresmes. En entrant, un coup d'œil lui suffit pour juger l'état de la malade :

— Dieu soit béni ! s'écria-t-il ; dans ce jour funeste il y a au moins quelque chose qui me console : votre fille est sauvée, Madame !

A ce mot décisif, Bénédicte, heureuse d'avoir enfin quelqu'un auprès de qui son cœur pût déborder sans entrave, saisit la main du docteur, avec mille paroles confuses, frémissantes de reconnaissance et de joie, entrecoupées de larmes et de sanglots. Au contact de ses mains brûlantes, Récamier ne put réprimer un mouvement de surprise, et lui dit avec une sollicitude affectueuse :

— Ce soir, Madame, ce n'est plus Marie qui a la fièvre ; c'est vous.


# VI

## UN LENDEMAIN D'ORAGE

NAPOLÉON POTARD A LA MARQUISE DE TRESMES

« 12 août 1830.

« Madame la marquise,

« Je devrais peut-être m'effacer entièrement de votre

vie; mais j'essaie en vain de lutter contre le fatal attrait qui me ramène, au moment même où ma raison et mon cœur me conseillent de vous fuir. Rassurez-vous du moins; ces lignes, les premières que vous recevrez de moi, seront aussi les dernières que je vous adresserai jamais : il est trop cruel de vous aimer, trop stérile de vous servir, trop nécessaire de vous oublier.

« Cependant, si indifférente que je vous suppose à ce qui me concerne, je ne voudrais pas être confondu par vous avec ces insensés et orgueilleux enfants du siècle, qui méritent d'être méprisés et ridicules parce qu'ils ne savent être ni malheureux, ni résignés. Je ne suis point de ceux-là. Lorsque je vous vis pour la première fois, j'étais seul comme toujours; je n'avais personne à aimer; c'est à peine si, en remontant le cours des années enfuies, je retrouvais dans ma mémoire d'enfant l'image à demi effacée d'un inconnu auquel je ne savais quel nom donner : bienfaiteur ou père. Il y avait autour de mon berceau et des premières impressions de ma jeunesse un mélancolique nuage que j'essayais vainement de percer. Vous m'apparûtes, et je fis pour vous comme ces avares, qui dépensent en un jour des trésors longtemps amassés. Vous fûtes pour moi le rayon qui dissipe le nuage, l'ange gardien qui sourit et s'incline sur le berceau des orphelins. Je ne m'en demandai pas davantage; je ne me rendis compte ni de mes sentiments, ni de mes désirs, ni de mes songes. Je ne réfléchis ni à votre beauté divine, ni à l'éclat de votre rang, ni aux distances infinies qui nous séparaient. Ces distances, voulais-je les franchir? non, mais il me semblait que, sans vous abaisser un moment, vous pourriez laisser tomber sur moi un regard; que pour un dévouement sans bornes, pour une adoration sans fin, vous pourriez m'accorder un peu de cette indulgence qui est au fond des natures exquises, parce que, jugeant tout d'après elles-mêmes, elles ne peuvent comprendre que le bien. Si je me suis trompé, si je vous ai offensée sans le vouloir, pardonnez-moi comme je vous pardonne ce que je souffre en songeant à vous !

« Le hasard m'a permis de vous rendre service... pardon encore; je sais qu'il n'est ni généreux ni habile de rappeler de pareilles choses; je ne le ferais point, si j'y cherchais un grief, mais je n'y cherche qu'une excuse. Lorsque j'ai eu le bonheur de vous protéger, Dieu sait que je n'ai point obéi à un calcul coupable; je ne me disais pas qu'en jetant dans les abîmes creusés entre nous le souvenir d'un service, je parviendrais à les combler, mais que peut-être votre cœur, guidé par un peu de reconnaissance, devinerait que je ne lui demande qu'un peu de pitié. Hélas ! il ne l'a pas compris; il a tout repoussé comme s'il avait quelque chose à craindre, ou peut-être tout dédaigné parce qu'il ne redoutait rien. Quel que fût le motif qui me rapprochât de vous, je vous ai vue toujours la même : insensible et glacée comme une statue sans sourire et sans regard, ou plutôt comme un de ces sphinx prêts à nous écraser sous le poids d'un secret qu'ils savent, et qu'ils ne disent jamais!

« Un secret! voilà le fardeau sous lequel je me débats, depuis que je pense, depuis que j'existe. Qui suis-je? ce nom bizarre qui m'a valu vos mépris est-il réellement le mien? ma naissance est-elle entourée d'un de ces mystères qui illustrent ou qui déshonorent, qui sauvent ou qui tuent? et ce mystère, heureux ou funeste, qui le connaît? Pierre Aubrespy? M. de Domazan? vous-même, madame la marquise? Voilà dans quels doutes je flotte sans cesse, dans quels abîmes vous m'avez replongé par votre inexplicable rigueur. Si j'en crois de mystérieux avis, un étrange rendez-vous assigné à plusieurs années de distance, il viendra un jour où je saurai tout. Mais ce jour arrivera-t-il jamais? n'est-ce pas encore une mystification terrible dont je suis la victime et le jouet?... D'ailleurs, attendre cinq ans! cinq siècles! n'ai-je pas d'ici là le temps de me désespérer, de me briser contre les obstacles de la vie, de me perdre dans les voies mauvaises? Oh! qu'il m'eût été salutaire de trouver, en attendant, une main bienfaisante qui m'eût servi de protectrice et d'appui! avec quelle pieuse ardeur je me serais prosterné aux pieds de la femme qui eût consenti à me guider à travers ce dédale, à éclairer de son sourire la tristesse du passé, l'anxiété du présent, l'incertitude de l'avenir!... Oh! si cette femme eût existé! si c'était vous, vous que nous apprend à bénir ce doux nom qui vous va si bien et qu'il m'est défendu de prononcer!...

Mais non, je dois repousser bien loin ces trompeuses et séduisantes chimères! je dois échanger ce rêve charmant où je vous vois souriante et bonne, contre cette réalité où je vous retrouve inexorable! Je dois tout oublier, votre nom, votre image, nos rencontres, tout, excepté que je vous aime et que je ne vous maudirai jamais!

« Maintenant, adieu. J'ignore si la révolution qui vient de s'accomplir ouvre pour moi quelques avenues, aplanit quelques obstacles. Je ne l'ai ni désirée ni approuvée; pourtant les idées qui lui ont servi de préliminaire et de passe-port doivent favoriser l'ambition des hommes sans naissance et sans nom, qui n'apportent dans l'arène commune que l'intelligence et le travail. S'il en était ainsi, si, à force d'énergie et de courage, j'arrivais un jour à cette renommée, blason suprême qui égalise tous les autres, et si alors!... Mais pourquoi rêver toujours? pourquoi revenir à de folles espérances qui toutes me ramènent vers vous? Ah! c'est parce que je vous retrouve encore en elles, que je n'ai pas la force d'y renoncer!

« Adieu encore. Quel que soit l'avenir de ma destinée, votre nom luira toujours comme un phare pour ma conscience, s'il ne doit pas l'être pour mon cœur. Je périrai peut-être dans la lutte, mais je ne faillirai point : et si je n'espère pas vous faire regretter un jour de m'avoir repoussé, je suis sûr du moins que vous ne rougirez jamais de m'avoir connu. Adieu. »

Après avoir écrit cette lettre, Napoléon Potard

courut la porter à l'hôtel de Tresmes ; il traversa les rues de ce faubourg Saint-Germain, naguère si brillant, alors solitaire et triste comme une nécropole. Arrivé au n° 12 de la rue de Babylone, notre héros frappa.

— Pour madame la marquise de Tresmes, dit-il en présentant sa lettre au fidèle Germain, immobile dans sa loge.

— Madame la marquise est partie, dit le concierge.

— Partie, et depuis quand ?

— Depuis hier.

— Et où est-elle allée ?

— Aux Eaux d'abord, pour la convalescence de mademoiselle Marie. Ensuite elle compte passer quelques années en Italie.

Et le guichet de la loge se referma.

Quelques années ! murmura tristement Napoléon Potard, et il lui sembla que son étoile, déjà si tremblante dans un ciel si sombre, achevait de s'y effacer.

.   .   .   .   .   .   .   .   .   .   .   .   .   .   .   .   .

Mais pourquoi prolonger cette mélancolique phase de notre récit, en retraçant toutes les vaines recherches, tous les douloureux mécomptes de notre héros ? Quatre ans s'écoulèrent pendant lesquels il ne put ni retrouver une trace qui le ramenât vers l'unique but de sa vie, ni se créer une occupation digne de fixer ses facultés inactives. Pendant ces quatre ans, Napoléon Potard ne fut préservé du découragement et du désespoir que par son énergie naturelle et cette secrète espérance qui résistait à tout. Vers la fin de novembre 1834, il rencontra Cyprien Sureau, qui, entré depuis 1830 dans la vie politique, avait eu force vicissitudes. Ce jour-là il ne semblait plus le même homme ; on voyait qu'une grande révolution physique et morale s'était accomplie en sa personne ; l'ex-commis voyageur avait fait peau neuve. Quant à Napoléon Potard, il était plus triste que jamais.

— Eh bien ! mon ami, que m'annoncez-vous de bon ?

— Tout bêtement que me voilà remis sur l'eau... Mais, continua Cyprien avec une sorte d'embarras comique, il m'a fallu faire de grands sacrifices.

— Achevez-les, mon cher, en me les racontant.

— Oui, on s'est méfié cette fois-ci de mes vertus administratives, et l'on m'a nommé... chargé d'affaires auprès d'une petite cour du Nord.

— Ah ! fort bien : je vous félicite.

— Mais ce n'est pas tout.... on dit que les idées de cette cour sont fort arriérées, et pour mettre en harmonie le représentant de la France, il a fallu...

— Quoi ?

— Me résigner à devenir baron.

— Baron !

— Oui, baron des Sureaux ; il paraît, poursuivit Cyprien sur un ton de plaisanterie un peu forcé, qu'il y a beaucoup de ces arbustes dans le pays où je suis né, et qu'avant la révolution, mes parents y possédaient une propriété dont ils portaient le nom. Est venue la Terreur qui a tout nivelé, qui a abattu les sureaux héréditaires, et ne m'a laissé que leur nom en guise de couleur locale ; tout cela m'a été expliqué par un notaire de mon pays, à qui j'ai fait avoir la croix d'honneur.

— Ainsi, mon cher, vous qui en vouliez si fort à l'aristocratie... vous étiez gentilhomme !

— Oh ! bien innocemment, je vous assure. Et vous, mon ami, que faites-vous ? reprit vivement Sureau, pressé de détourner l'entretien.

— Moi ! je me suis lassé d'aller au-devant des hommes et des choses... j'attends. Dites-moi, Cyprien, ne me trouvez-vous pas changé ?

— Oui, vous êtes pâle, maigri ; vos yeux brillent d'un éclat fébrile.

— Ah ! c'est qu'on ne peut vivre ainsi, dans cet état qui n'est ni la vie, ni le rêve, et qui a toutes les souffrances de l'une, tout le vague de l'autre ! Dans six mois, si l'on ne m'a pas trompé, je dois tout apprendre, je dois devenir enfin pour le monde et pour moi-même un être réel. Mais plus j'approche du terme, plus l'attente devient insupportable, les doutes amers, les craintes horribles. Depuis que je suis né, on dirait qu'une puissance invincible et surhumaine se joue de tout ce que je ressens et anéantit tout ce que je touche ! cent fois, je me suis cru au moment de saisir enfin cette lumière toujours en fuite devant moi, et cent fois je l'ai vue disparaître comme ces feux follets qui égarent les voyageurs pendant la nuit. Trois personnes sont mêlées dans ma destinée ; elles en tiennent le fil dans leurs mains, et chaque fois que je les ai rencontrées, il semblait que ces mains s'agitaient pour laisser tomber jusqu'à moi ce fil conducteur ; mais elles m'échappaient comme tout le reste au moment où j'allais les atteindre !... Non, Cyprien, poursuivit notre héros en s'animant de plus en plus, ce n'est pas vivre, cela, c'est dépérir dans l'angoisse d'un avenir peut-être chimérique, peut-être impossible !... Oh ! mon ami, la tête me tourne ! sauvez-moi, sauvez-moi du vertige et de moi-même !...

— Mais ces trois dépositaires du secret de votre vie, quels sont-ils ?

— Le premier est un vieux soldat... vous le connaissez, c'est ce Pierre Aubrespy qui fut mon témoin à Plombières ; le second, vous le connaissez aussi, c'est l'officier avec lequel je me suis battu...

— Et le troisième ?

— Le troisième est une femme, dit simplement Napoléon Potard qu'un invincible sentiment empêcha de nommer Bénédicte.

— Et où sont-ils ?

— Depuis quatre ans je ne les ai pas revus.

— Et combien vous faut-il attendre encore avant d'arriver au terme qui vous a été fixé, et où vous saurez enfin qui vous êtes ?

Napoléon Potard compta sur ses doigts.

— Six mois et demi, répondit-il.

Cyprien Sureau n'était encore que la moitié d'un parvenu ; il était vain, mais bonhomme ; touché de la situation morale où se trouvait notre héros, il lui dit avec une chaleur affectueuse :

— Eh bien ! mon ami, arrachez-vous d'ici ; quittez cette solitude que vous vous êtes faite dans Paris même, et où vous vous donnez en pâture à vos impatientes incertitudes, comme Prométhée à son vautour ; voyagez, venez avec moi : je ne sais pas l'allemand, je ne connais point le pays où je vais, et je serai, je le crains, un assez pauvre diplomate. Vous, vous savez tout cela ; vous me guiderez dans cette vie mondaine où je pourrais bien me fourvoyer encore, et moi, je vous sauverai de cette vie idéale où vous risqueriez de vous perdre. Napoléon, voulez-vous ?...

— Ah ! c'est bien, cela ! et vous êtes un bon cœur ! s'écria Napoléon Potard en lui sautant au cou.

— Non, mon cher, répliqua Cyprien avec quelque émotion ; j'ai commencé par être un sans-souci ; puis, je me suis cru un conspirateur ; ensuite j'ai été une dupe ; maintenant je suis un bon enfant, voilà tout.

— Soit, monsieur le baron ; j'accepte : quand partez-vous ?

— Dans deux jours.

— Je serai prêt : merci et adieu, Cyprien.

Le lendemain, Napoléon Potard, au moment de quitter cette petite chambre où, depuis cinq ans, il avait tant rêvé, tant aimé et tant souffert, jeta un regard en arrière ; les souvenirs de sa bizarre destinée lui revinrent en foule, et il se sentit saisi de l'irrésistible désir de passer cette journée hors de Paris et de parcourir ces bois, ces parcs, ces paysages de Ville-d'Avray, qui ressemblaient pour lui aux forêts mystérieuses d'où sortaient les anciens oracles. Il se fit conduire jusqu'à la barrière, et là il commença sa course à pied. Le temps était froid, mais clair. Napoléon Potard marchait d'un pas rapide ; de temps à autre son pied craquait sur les feuilles sèches ou sur le sable encore durci par la gelée du matin. Il suivait depuis un instant la lisière d'une partie de bois dépendant de la forêt de Saint-Cloud, lorsqu'il vit à quelques pas un garde entraînant une pauvre petite fille de treize ans, qui, pâle, suppliante, éplorée, venait de laisser tomber à ses pieds un petit fagot de menues broussailles, triste preuve de son délit. Le désespoir de la pauvre enfant faisait pitié :

— Oh ! grâce ! grâce ! monsieur Georges, grâce ! vous savez bien que je ne suis pas une voleuse ! vous savez bien que c'est le froid, la faim, le besoin, et que ma malheureuse mère !...

— Allons, pas tant de paroles et marchons, répliquait le garde d'un ton bourru.

Napoléon Potard s'était avancé rapidement. Il avait quelques louis sur lui ; il en montra un, puis deux : l'incorruptible Georges hocha la tête ; au troisième, sa vertu parut chanceler ; au quatrième, elle succomba.

— Soit, Monsieur, dit-il ; pour vous faire plaisir et pour cette pauvre jeunesse, qui est réellement bien à plaindre, je consens à n'avoir rien vu.

La petite fille se jeta alors aux genoux de notre hé-

ros, qu'elle remercia avec une effusion de reconnaissance dont il fut touché.

— Vous disiez donc, mon enfant, lui demanda-t-il,
que votre mère est bien pauvre ?

— Oh ! mon bon Monsieur ! pauvre, pauvre !... que
même il n'y a pas un morceau de pain, pas un brin de
bois à la maison ! Et nous sommes quatre enfants, dont
je suis l'aînée... et mon petit frère Pierre-Paul est bien
malade !

Et l'enfant, consolée un moment, se remit à san-
gloter.

— Et comment se nomme-t-elle, votre mère ?

— Magdeleine Aubrespy.

— Aubrespy !... Magdeleine Aubrespy !... s'écria le
jeune homme en tressaillant ; mais alors vous connaissez Pierre Aubrespy, le vieux sergent ?...

— C'est mon oncle.

— Et où est-il ?

— Bien loin, bien loin. — Et sa main montrait l'horizon.

— Et votre mère, où est-elle ?

— A dix minutes d'ici, là-bas, près du village.

— Eh bien ! au nom du ciel, enfant, menez-moi
chez votre mère !

## VII

### CE QUI CONSOLE

Entre Viroflay et Saint-Cloud, près d'un chemin tournant qui s'est perdu depuis dans les travaux du chemin de fer, on remarquait en 1834 une petite maison de chétive apparence, dont la toiture décrépite, les vitres à moitié brisées, et les murs crevassés annonçaient la pauvreté et l'abandon. Cette maison, tour à tour logement de garde, auberge à pied et à cheval, magasin de plâtre, malheureuse dans ces destinations diverses, s'appelait la maison Malseigne. Elle avait fini par être louée à très-bas prix à la famille qui l'habitait en ce moment. Qu'on jette avec nous un coup d'œil dans l'intérieur de la pièce principale où le foyer est vide, froid, glacé : l'absence de cendres prouve qu'on n'a pas fait de feu depuis la veille.

Presque tous les ustensiles de cuisine, les parties les plus importantes du mobilier ayant été vendues, la pièce est à peu près nue. Quatre chaises en paille grossière, une mauvaise table de bois ciré, deux escabeaux, un vieux rouet, voilà tout ce qui reste. Par une porte entr'ouverte on aperçoit, dans la chambre contiguë, un grand lit en bois blanc, sans matelas ni rideaux.

Magdeleine Aubrespy, pendant toute la matinée, a

6.

essayé de faire tourner ses fuseaux ; mais peu à peu ses doigts se sont roidis ; une torpeur morale et physique s'est emparée d'elle ; ses deux mains amaigries se sont abaissées le long de sa chaise ; elle rêve à l'immensité de son malheur sans fin, sans espoir, sans horizon. De temps en temps une larme se fait jour sous ses paupières desséchées.

Une petite fille, de six ou sept ans, entre en disant :

— Maman, j'ai bien faim.

Pour toute réponse, Magdeleine lève les yeux au ciel, puis elle dit à la petite :

— Tout à l'heure, Françoise : ta sœur va revenir et nous dînerons tous ensemble.

Et en disant ces mots elle s'efforce de sourire, mais ce sourire fait mal.

Un moment après, un petit garçon, un peu plus jeune, hâve, blême, grelotant de fièvre, crie de l'autre chambre :

— Maman, j'ai bien froid.

— Courage, Pierre-Paul ! répond la mère, ta sœur va rentrer avec une bonne charge de bois ; — et son sourire de mourante continue à errer sur ses lèvres pâles.

Quelques minutes s'écoulent ; un autre garçon, d'environ douze ans, entre, les bras croisés, les yeux fixés à terre ; celui-là ne dit rien ; sa figure est sombre : il comprend.

Cette scène poignante dure depuis le matin.

Tout à coup on entend sur la route des pas légers, rapides.

— Ah ! voici Henriette ! s'écrient à la fois la mère et les enfants ; — mais elle n'est pas seule ! ajoute Magdeleine avec surprise.

Elle entrait, en effet, accompagnée de Napoléon Potard ; d'un regard il mesura cette misère.

— Avant tout, ma chère madame Aubrespy, dit-il d'un ton énergique et affectueux à la fois, il faut pourvoir aux besoins de ces enfants et aux vôtres : me permettez-vous de donner un ordre à votre fils aîné ?

— Jacques, obéis à Monsieur, dit Magdeleine stupéfaite.

— Eh bien ! Jacques, courez à Saint-Cloud, chez le premier traiteur que vous trouverez, et rapportez-en tout ce qu'il faut ; je m'en rapporte à vous, mon garçon.

Il lui glissa de l'argent dans la main ; Jacques disparut.

— A vous maintenant, ma petite conductrice ; si vous n'êtes pas trop lasse, courez au premier chantier de bois, et faites-en vite apporter !

Henriette prit son vol comme une hirondelle.

La mère, n'osant croire à tant de bonheur, regardait d'un air à demi hébété ce bon génie inconnu dont la charité marchait au but si vite et si droit.

— Oh ! Monsieur ! lui dit-elle lorsqu'elle fut un peu remise, qui êtes-vous donc ? C'est Dieu qui vous envoie !... oh ! oui, pour sauver mes pauvres enfants ! Soyez béni, heureux, vous qui consolez ! mes bénédictions, mes prières, voilà tout ce que je puis...

— Pardon, Madame, vous pouvez autre chose !

— Dites-le vite alors, pour que je vous obéisse comme à la voix de Dieu...

— Non, je ne vous le dirai que quand la faim de ces enfants sera apaisée, leurs membres réchauffés ; car je sais qu'une mère dont les enfants ont faim et froid ne doit rien entendre.

En ce moment on frappa ; un garçon traiteur portait une grande corbeille d'où il tira successivement une longe de veau, un poisson et un morceau de bœuf rôti ; quelques couverts, trois grands pains, deux bouteilles de vin cacheté et quelques friandises accompagnaient ces plats substantiels. Lorsqu'ils furent étalés sur la petite table, les enfants battirent des mains, et les yeux de Magdeleine rayonnèrent : presque en même temps Henriette rentra, suivie d'un commissionnaire dont les larges épaules supportaient une hotte remplie d'une pyramide de bonnes bûches de chêne, bourrées de broussailles sèches.

Quelques minutes après, un grand feu pétillait dans l'âtre ; Magdeleine distribuait à ses enfants les aliments servis devant eux. Elle oubliait tout, même sa propre faim, en assistant à leur joie, en voyant les couleurs reparaître sur leurs joues étiolées.

Napoléon Potard, debout, contemplait cette scène avec un intérêt profond.

Lorsque les enfants furent rassasiés ; lorsque la mère elle-même, cédant aux instances, eût consenti à prendre quelque nourriture, elle se tourna vers le jeune homme, et lui dit :

— Maintenant, Monsieur, je suis à vos ordres.

— Madame, d'après ce que m'a dit votre fille Henriette, vous devez être sœur d'un vieux sergent de la 82e demi-brigade, décoré sous l'Empire, et nommé Pierre Aubrespy ?

— Non, Monsieur ; Pierre Aubrespy était le frère de mon mari.

— Et pourriez-vous me donner sur lui quelques renseignements ?

— Hélas ! moins que je ne le voudrais ; car s'il était avec nous, nous ne serions pas aussi misérables ; mon mari était nourrisseur, et nous vivions, tant bien que mal, dans une petite ferme, à une demi-lieue d'ici. Pierre Aubrespy, mon beau-frère, venait nous voir souvent. Dans les moments de gêne, il partageait avec nous sa pension et ses petites économies. En 1830, il partit pour un grand voyage ; son absence dura deux ans : pendant ce temps tous les malheurs fondirent sur nous : une contagion se mit dans nos bêtes ; comme nous avions trop peu d'avances pour pouvoir en acheter d'autres, le propriétaire nous renvoya. Nous vînmes ici ; j'étais grosse de mon quatrième enfant ; mon mari essaya de plusieurs métiers ; mais le pauvre homme commença à décliner visiblement. J'accouchai de mon Pierre-Paul ; il n'y avait pas un sou à la maison ; nous commençâmes à vendre nos meubles pièce à pièce :

ah! Monsieur! c'est bien cruel de voir s'en aller comme ça ces vieux amis!...

Magdeleine s'essuya les yeux, puis elle poursuivit :

— L'armoire, la commode, puis un des deux lits, y passèrent, puis un de nos matelas, puis ma croix de jeune fille, puis mes anneaux de mariage ; nous n'avions presque plus rien à vendre, lorsque mon beau-frère revint : c'était en août 1832 ; il y avait deux ans qu'il était absent.

— Et alors ?

— Alors, Monsieur, nous espérâmes ; mais son arrivée ne changea rien ; il avait mangé toutes ses épargnes dans ce voyage ; en outre, il était triste, sombre, abattu ; il paraît qu'il avait obtenu de rester auprès du fils de l'Empereur ; mais le jeune prince était mort, et c'est pour cela que Pierre était revenu.

— Pauvre Pierre! murmura notre héros.

— Oui, pauvre Pierre, car le spectacle de notre misère lui fendit le cœur ; mon mari était si faible qu'il ne pouvait presque plus travailler. Un matin, nous vîmes Pierre fouiller silencieusement dans sa poche, et en tirer un petit paquet soigneusement enveloppé ; il le baisa, puis sortit précipitamment ; le soir il nous apporta cinquante francs ; il avait mis sa croix au Mont-de-Piété.

— Et que ne m'écrivait-il ?... moi, si près d'ici, et qui aurais tout donné pour le rencontrer !

— Il parlait souvent, à voix basse et en termes mystérieux, d'un ami qu'il avait à Paris : mais il ajoutait qu'il lui était défendu de le revoir jusqu'à une certaine époque ; qu'il craignait de le rencontrer, parce qu'il n'aurait peut-être pas le courage de lui cacher un secret confié à son honneur... nous ne comprenions pas grand'chose à tout cela ; cependant mon mari allait toujours dépérissant ; on ne le voulait plus au chantier ; alors Pierre dénoua le ruban rouge de sa boutonnière, dit à son frère de se reposer, et sortit, comme la première fois, sans mot dire : le soir il nous rapporta le prix de sa journée...

Nous vécûmes ainsi pendant quelques semaines ; mais nous manquions des choses les plus nécessaires ; j'étais presque aussi malade que mon mari, et avec le prix des journées de Pierre nous étions obligés de nous nourrir tous sept. Un jour, mon beau-frère se frappa le front comme un homme à qui vient une idée subite. Il courut à Paris et y passa toute une journée ; c'était pour découvrir l'adresse d'une grande dame, bien riche, bien riche, qui voyageait en pays étranger...

Napoléon Potard pensa à Bénédicte et tressaillit.

— Quand il revint, continua Magdeleine, il était un peu plus calme ; il savait que cette grande dame... une marquise, je crois, était fixée pour le moment à Pise ; il lui écrivit ; l'attente fut bien longue ; enfin la réponse arriva.

— Et qu'y avait-il ?

— Cette dame écrivait de sa propre main, à mon beau-frère, que tout ce qui était à elle était à lui, et qu'elle lui envoyait sur son banquier de Paris un crédit en blanc dont lui-même écrirait le chiffre ; mais Aubrespy était trop fier ; il aurait pu mettre sur ce morceau de papier, dix, vingt, trente mille francs... il mit cinq cents francs.

— Noble cœur !

— Hélas ! mon mari mourut ; les cinq cents francs, joints aux journées de Pierre, suffisaient, et au delà, à nos besoins ; mais un jour, il y a quatre mois de cela, Pierre me dit : « Magdeleine, il faut encore que je vous quitte, que je parte : c'est un devoir que j'ai à accomplir. Cette fois, je pars le sac sur le dos, et s'il le faut, je mendierai en route : un peu de paille à l'écurie et un morceau de pain ne se refusent pas à un vieux soldat. Vous, Magdeleine, voilà l'argent qui nous reste... J'ai à Paris un ami dont je suis sûr comme de moi-même ; mais celui-là n'est pas riche ; il est malheureux, pour le moment du moins.... Il doit ignorer quelque temps encore où je suis, et ce que je fais... pourtant voici une lettre pour lui ; seulement, je vous conjure de n'en faire usage que si vous n'aviez plus de ressource, si le froid et la faim entraient ici. » — En disant ces mots, il me serra la main, embrassa les enfants, et partit : je ne l'ai plus revu.

—Et cette lettre, où est-elle ? demanda Napoléon Potard.

— La voici, Monsieur, car j'ai confiance en vous ; et la pauvre veuve lui remit une lettre pliée dans un morceau de papier gris.

Il jeta les yeux sur l'adresse : « A Monsieur Napoléon Potard, rue de Vaugirard, 37... »

— Mais cette lettre est pour moi ! dit-il.

— Pour vous ! bonté divine ! s'écria Magdeleine : le ciel a donc enfin pitié de nous !

Il déchira l'enveloppe et dévora la lettre ; voici ce qu'elle contenait, moins les fautes d'orthographe :

« Monsieur, nous devons rester encore quelque temps sans nous revoir ; pourtant il est impossible que vous m'ayez entièrement oublié ! Je suis obligé de repartir pour un long voyage, auquel vos intérêts ne sont pas étrangers. Je laisse ici une pauvre femme, veuve de mon frère, avec quatre enfants encore trop jeunes pour gagner leur vie. Je ne veux pas qu'elle vous importune sans nécessité ; mais je suis sûr que le jour où elle vous remettra cette lettre, c'est qu'elle aura vraiment besoin de vous. Est-ce trop vous demander, en souvenir des circonstances où nous nous sommes vus, que de vous prier de lui épargner les angoisses de la misère, et de lui envoyer quelques secours à l'adresse de Magdeleine Aubrespy, maison Malseigne, près Saint-Cloud ? Vous êtes généreux et bon : pardonnez-moi de songer à vous quand il s'agit de l'infortunée famille de votre

« PIERRE AUBRESPY. »

— Oh ! cette chère lettre ! murmura Napoléon Potard en y collant ses lèvres, et les larmes aux yeux.

— Mais, reprit-il vivement, pourquoi ne pas me l'avoir remise plus tôt ?...

9 782016 145593